中国新锐派
作家作品文库

那年匆匆

崔自三散文作品

崔自三◎著

中国财富出版社

图书在版编目(CIP)数据

那年匆匆/崔自三著.—北京:中国财富出版社,2016.4
(中国新锐派作家作品文库)
ISBN 978-7-5047-6450-8

Ⅰ.①那… Ⅱ.①崔… Ⅲ.①散文集—中国—当代
Ⅳ.①I267

中国版本图书馆 CIP 数据核字(2017)第081450号

策划编辑 张彩霞　　责任编辑 杨 曦
责任印制 方朋远　　责任校对 孙会香 张营营　　责任发行 张红燕

出版发行 中国财富出版社
社　　址 北京市丰台区南四环西路188号5区20楼　　邮政编码 100070
电　　话 010-52227588 转 2048/2028(发行部) 010-52227588 转 307(总编室)
010-68589540(读者服务部) 010-52227588 转 305(质检部)
网　　址 http://www.cfpress.com.cn
经　　销 新华书店
印　　刷 北京兴星伟业印刷有限公司
书　　号 ISBN 978-7-5047-6450-8/I·0262
开　　本 710mm×1000mm 1/16　　版　　次 2017年7月第1版
印　　张 12　　印　　次 2017年7月第1次印刷
字　　数 179千字　　定　　价 28.00元

目 录

乡土记忆

三月的相思

三月，是缤纷的季节，也是相思的季节。

小河，终于清亮了嗓子，一路潺潺，一路高歌，滋润了大地，催发了万物，河水又清了，水草又长了。

小草，是思念春天的吧。“野火烧不尽，春风吹又生。”在厚厚的土层里蓄积了一冬，它从坑洼不平的瓦砾堆里，从蜿蜒着的乡间小路，从瘦骨嶙峋的石缝里，从河堤，从坡岗，从四面八方，探出头来，好奇地打量着这个似曾相识而崭新的属于自己的世界。

大地，是思念春色的。封闭了一整个冬天，土壤，终于开化解冻了，在阳光的照耀下，闪着润泽的水光，天空变得明朗起来，更多的是蔚蓝的颜色。春回大地，春光明媚，天地风和景明，浑然一体。

鸟儿，在思念天空。没有了北风的呼啸，没有了严冬的瑟缩，有的只是天空的纯净与开阔，张开更换过的羽毛，在自由的天地里，欢快地飞翔。那一声声歌唱，是自我的表达，歌声里没有了威压，只有发自心底的尽情释放。

花儿，是思念春风的。在风儿轻柔的吹拂里，花儿开了，粉的，红的，白的，漫山遍野，五颜六色，装点着春天。“乱花渐欲迷人眼，浅草才能没马蹄。”徜徉于花海，空气里流动着花香，你甚至可以轻轻告诉自己：这么美好的季节，我来过，也看过，此生无悔。当然，你的内心也许会涌起一股“感时花溅泪”的苦楚，花儿虽美，可花期太短了。

虫子，也是思念树林的。当光秃秃的枝丫，绽开第一枚叶片，这里，便成了它们的天堂。它们在林间无遮挡地飞舞，任斑驳的阳光细细洒下来，它们也是大自然的一分子，充实着这个和美的春天，它们也在孕育，也在成长。

万物，是思念春雨的吧。“好雨知时节，当春乃发生。随风潜入夜，润物细无声。”这样的雨夜，是诗意的，聆听窗外春雨的滴答声，可以烫上一壶老酒，品味春意阑珊，朦胧中，感受“春眠不觉晓，处处闻啼鸟，夜来风雨声，花落知多少”的韵味，闭上眼睛吧，静享这难得的安逸时光。

孩子们，一定是思念风筝的。“儿童散学归来早，忙趁东风放纸鸢。”他们在空阔的田野里奔跑，各种造型、各种颜色的风筝，从他们手心里放出去，任由风筝在天际高飞，那悠远的影子，是他们儿时的梦幻。

小伙，也是思念姑娘的。三月，情思初开，情意绵绵，是托付的时节，可以在花前月下，享受爱情的甜蜜、时光的美丽，诗人歌德说：“哪个少男不钟情，哪个少女不怀春？”

……

而我，是怀念乡土的。

“春风又绿江南岸，明月何时照我还。”我怀念家乡的三月，魂牵梦萦的春天。那里有一直陪伴着我的小河，有沙沙鸣响的杨树林，有儿时河岸上的茅草屋，有狂风暴雨摧不毁的鸟巢，有一望无际碧绿的原野，那里还有我的亲人、乡亲，他们在岁月里安好，永驻我的心间。

2016 年 3 月 28 日　郑州

清明，归来

清明节前夕，我回到老家。

村子里静悄悄的，站在巷子里，向两头望去，在很长时间里很难看到一个人影，青壮劳力，该出去打工的，都出去了，甚至连孩子也带了去。此时的村子，春节时的热闹无影无踪。

村子中间已经打好路基，待修的路有些落寞地延伸着，一旁在原有干涸水坑基础上新挖的池塘，给村子以新的气象。塘里的水很清澈，加了围栏，听侄子说，里面准备放鱼苗，这让我想起小时候这个水塘养鱼，每当暴雨来临前，黑压压的鱼群都露出黝黑的头四处游来游去透气的情形。

出了村子，都是绿油油的麦田，跟以往并没有太大的区别，只不过没有了以往农田除草和挖野菜的忙碌身影。村子北面，就在长势很好的麦田的绿色海洋里，隐露着我的小学母校，南面那排教室，好像还是我上学时的模样，就连学校门口镌刻的教书的叔叔写下的校名，都还是原来的样子。

儿时经常嬉戏、玩耍的小河，依旧沉默着；远处，那座几近废弃的石桥，也在沉默着。小时候夏季，经常看到有人从桥栏杆上往下跳，如今，它已失去原有的风采，犹如一位迟暮老人，而被不远处一座更宏伟的桥代替。村里人说，这条河，将在未来建成乡镇的观光带，还有可能通航，到时，河滨会更加的美丽。

河岸上，稀疏的油菜花正吐着金黄色的花蕊，翠绿的一畦畦豌豆，叶片圆而小，在裸露着焦干的地皮里，正开着雪白的小花，在绿叶里，就像一只只休憩的白蝴蝶，娇艳得让人心疼。

村周围的麦田里，麦苗还没有长过分散在其间的坟头，坟头有新有旧，有大有小，它们也许在清明才有一些生机。

清明，应该是游子归来，或是家族团聚的日子，无论是故去的，还是活着的，都因了血缘和亲情，而永远难以割舍。

“清明时节雨纷纷，路上行人欲断魂。”杜牧的诗把清明写活了，清明时节往往会下起小雨，细细的雨丝，如烟似雾，仿若离愁，让人感伤，也很像亲人的眼泪，点点滴滴，让人心碎，而故去了亲人的人呢，跌跌撞撞地行走在路上，失魂落魄。

村东头，母亲的坟上，又添了一些新土、新草，细细的，也冒出了芽。点燃的黄纸，在风里烧得很旺，纸灰，在回旋、飞舞。我跟母亲喃喃诉说着思念，多少回啊，母亲的身影总出现在我的梦里。

这是我宗族的一片坟地，我的爷爷、奶奶还有他们的长辈，以及叔叔、伯伯等，都埋在了这里，按照父亲的嘱咐，我给他们一一烧纸钱，希望他们在天国里，依然能够相亲相爱。

一旁的新坟，是我去年刚去世伯父的，在世时，每次我回老家，他都要一路几歇地去看我，如今，他也长眠在地下，依稀的往事，都只能在记忆里。

清明到，游荡了许久的魂魄开始归乡了，疏远了一段的血缘亲情也应该回归。在节日里，不仅要祭拜故去的亲人，也是让自己找到情感的依托。清明，可以托举家族的根脉，让游子纵使远走他乡，也会留存心底那份最深沉的惦记，成为最牢固的维系。

2016 年 4 月 1 日　家乡

五月花开

在他乡，独自一人时，我总忆起过往，想起我的故乡。

此刻，我站在丹江口的山上，眺望着远方，那是故乡的方向。

环顾四周，水波不兴，山花一片烂漫；飞鸟低回，鱼儿潜底，空气里弥漫着夏季青草的芬芳。

山上，郁郁葱葱，那是万物们的家吧。一丛草、一棵树、一束花，隐藏在其中的飞禽和走兽，它们生活在这个大乐园里，各自扮演好自己的角色。你有你的精彩，我有我的辉煌，这是一种生活的姿态，也应是一种对美好生活的向往。

游历了名山大川，它们虽然雄伟、壮观，但却只有故乡，永远萦绕在我的心里，时刻荡漾在我的心房。

五月，是花开的季节，但更是怀乡的季节。

我家院里靠着墙根栽种的那棵石榴，现在已经开花了吧？不然，为何我的脑海里总跳跃着那火一样红的石榴花苞？在青翠的枝叶里，熊熊燃烧着，引来了无数竞逐的蜜蜂，惊落了花蕊，一地的红色粲然和明亮。

村东头沟坎旁的枣树，枣花也已经开了吧？那嫩嫩的油绿而发亮的细小的圆圆叶片，衬托着米黄色稠密的花蕊，星星点点；那耀眼的阳光，透过稀疏的树枝，直直地洒下来；树上，是跳跃的小鸟，它们在放声歌唱。

指甲花，是不是还栽种在村东头院墙的花盆里？那紫红的花朵，应该是很多女孩子们内心的一份美好的祈愿吧？它们是不是还在吸引着梳着羊角辫的邻家小女孩清亮的目光？

村口吹来的风，已经明显的热了，但你能感受到它依然是轻的。在到处苍翠而充满生机的乡村，此时，它看起来有些慵懒和彷徨。

我已经看到村子外面那金黄的一眼望不到头的麦浪，我分明嗅到了弥漫在空气中的麦香的味道，我看到了那有些弯曲而被花草严密遮盖的小路，看到那偶尔走过来的牛羊。

我听到了村后的小河，正无声地流淌，那是在为夏季吟唱，我的小河啊，经常闯入我的梦乡。岸边，种的还是瓜果蔬菜吗？那是乡亲清晨或傍晚经常光顾的地方，庄稼也好，蔬菜也罢，默默地生长，默默地成熟，一年又一年，一季又一季，它们是否在为村里驻守的乡亲留下一份念想？可我的河啊，你到底流向了哪里？你的尽头又在何方？那里，又有怎样的风光？

时光，还在依旧，可已不是从前的模样。我仰起头，问云层里的星星，您是否还是当年的那一双？我擦擦眼睛，看玉盘似的月亮，您是否还记得当年我鬓上的青霜？

让我闭上眼睛，聆听岁月的召唤吧，我愿在如水的时光里，永远留守在我的故乡。

2015 年 5 月 30 日　南阳淅川丹江大观苑　半岛假日酒店

远去的乡土

一

芒种前，我回到家乡。

这个时节，应是家乡最有生机、最美的季节。

无论村头，还是巷尾，各种树木长势茂盛，洋槐、榆树、梧桐，甚至枣树、柿树、葡萄与石榴……岁月的年轮，掩盖不住它们蓬勃的生命力，它们顽强地生长，不论是在河边、沟坎，它们伸展出最美的枝条，最浓密的叶片，最纯美的果实，挺进、挺进……

麦子，已经掀起金黄的麦浪。也许是刚刚经历过一场大雨，麦子有些倒伏，但小路却是半干的，河里、沟里、池塘里，难得地盈满了水，空气里散发着温润青草的味道，还有即将成熟的小麦的气息。

我行走在村里有些泥泞的小巷，这里静悄悄的，已没有了多年前麦收前人声鼎沸以及磨刀霍霍的喧嚣，有的只是沉寂、沉寂。一些青壮劳力，打工没有回来。回来的，犹如不断迁徙的候鸟，等麦忙过后，依然会回到打工的那座陌生的城市，乡村，会依旧归于孤单。城市，对于他们来说，只是驿站，他们辗转于好多城市，但城市跟他们无缘，他们只是过客，他们终究是要回到乡土的。

我又看到了我的小河，那个曾经承载了我童年梦想的地方，此时，河水涨得很满，飘着绿莹莹的水葫芦，我俯下身子，静静地凝视，这里，曾经留下了我多少童年欢乐的时光？

村北的小片土地，已经开始承包小型养殖场，也慢慢小有规模，不变的，依然是村东那片广阔的麦田。此刻，它们在阳光下，像阅兵一样，密密匝匝，将麦穗伸展出来，展示自己最成熟的魅力。

通往村东的那条我儿时割草、拉车经常走过的小路，已被或高或矮的杂草密密麻麻地覆盖，只在路中间，有一条不规则的行人走的痕迹，我看到了路旁那一排排高挺的杨树，它们的叶片油绿发亮，在旷野的风里，呼啦啦地作响，好像守候在村口、守卫着乡土的卫兵。

麦田里，又散落着几片新坟，这里埋葬着近一两年去世的老人，也包括我的母亲，我再也没有母亲了。我远远地看着母亲的坟墓，坟头上已经长出了高高的草，母亲，您还能看到您的儿子吗，他此刻已归来，您一直都在他的心里。

二

傍晚，我在家里安排了酒席，把在家的宗亲兄弟、侄子等，招呼过来，喝酒是一种聚拢的形式，我想通过这种聚会来了解村里的变化，了解过去的乡土，过去的岁月，还有过去的那些人与事，来听我永远听不够的乡音。

大家相比以前，模样虽没有太大的变化，但都有些苍老。家族里最年长的堂哥，两鬓已经斑白，瘦削的身子有些弱不禁风。刚回来没几天的堂侄，已经有了三个女儿，他之所以出外挣钱，是为了还想继续生活下去，能有一个传宗接代的儿子。儿时最好的玩伴，他只比我大几岁，在浙江做工，也许几天都没有刮胡子了，他显得有些比实际年龄要大。大家喝着酒，而后又点着烟，说着小时村里的趣事，发生在家族里的各种传说，还有千奇百怪的鬼故事，甚至还有村里为何又请了姓刘、姓乔两姓人家，只为能保住村庄，不发生水患……

散了席，已是深夜，我却没有一丝睡意。我站在院子里，看皎洁的月光洒在房顶，看它穿过薄薄的雪白的云层，缓缓移动着，让我想起那首“月亮走，我也走”的歌谣，星光依旧灿烂，它们就在云缝里，眨着眼睛，俯视着地下，看着有些沧桑的乡土，看着同样也在看着它们的我。

我听到不远处池塘里青蛙的叫声，它们的声音是饱满的，叫得如此欢快，好像在迎接麦忙的到来，也好像在欢迎着我的到来。

我是在月光里，在各种虫子的歌唱声里，沉入我甜美的梦乡的。

三

清晨，我是被鸟儿叫醒的，睁开眼睛，天已大亮。

披衣出来，我站在走廊下，金黄的阳光，分外灿烂，空气，是清新的，你甚至能感受到它在流动。几只早起的鸟，在地上跳跃，好奇地打量着我这个不速之客。石榴花开得艳红，正对面的墙根，一株野石榴不知何时冒出来，绽出了几束粉红的花蕾，葡萄藤仰着头，努力向上攀爬，一株山药，枝叶犹如牵牛花，陪伴着石榴，虽然弱小，可依然坚强地在瓦砾堆里绽放更多的叶片。

我又听到了那声声清脆的布谷鸟叫，我想知道的是，你为何总萦绕在我的心头？一如那在各地我都听得到的青蛙浑厚的嗓音。村东头的喇叭又哇哇地响起来了，村干部在广播有关麦收时的注意事项，我好像一下子又回到了三十几年前。

站在庭院里，我一直在思考一个问题，我的乡土是不是已经老去？我的父亲，已经 81 岁，与他同龄的老人已经没有几个了。看着那经过风吹雨淋而无人居住的房屋，你能感受到岁月的无情。村西头河旁，有的房子已经坍塌，野草在疯长，你已经看不到以往那郁郁葱葱的菜园，还有那无休无止而汩汩流水的驴拉水井，以及那随处可见，或打着招呼，或抽着烟袋的人影。

如果说乡土已经老去，可为何依然又富有活力，那依然欢畅的鸟，那擎天的电线杆，那聪明可爱而没有忧愁的孩童，那田里不竭的水井，那茁壮了不知多少年的土地，还有那一直默默流淌着的我的小河……

哎，我远去的乡土啊！

2015 年 6 月 3 日　故乡

石榴花开

在我老家的院子里，靠近院墙，有一棵石榴树，是家人多年前在集市上一家拆房的地方讧过来的，是想让这棵树陪伴有些孤单的父母。

是啊，紧邻我家西边的好多院落，已经荒废了，有的人家已经去世，有的搬到了村东，有的打工到了外地。唯独这棵石榴树，还一如既往地茁壮成长，不仅成了父母的精神寄托，也成了我时常的念想。

每次我回到家里，我总喜欢走近它，哪怕是冬天，我也喜欢抚摸那伸展开的干枯的枝条，因为我知道，它是在孕育一个新的春天。

是啊，每年春天，我总盼望它早点绽放那一树的新绿，而石榴花开的日子，就是远游的我归来的日子。我，就像一只候鸟，虽在远方，但对故乡，从未相忘。

六月初，一个石榴花开的日子，我驱车回到家乡。

远远的，我的心，如奔腾的野马，忐忑而欢快。我看到了滚烫的一望无际的麦浪，感受到从田野里吹来的干燥的风，村口的树荫张开了欢迎的臂膀，我看到日渐热闹的村落，还有麦田里正在工作的收割机和忙碌的乡亲。

走进家门，我家的石榴花呢，果然开得一树灿烂，它就像跟我有一场约定，只不过这次，我让它等得有点久了，它已有些零落。

石榴花张着坚硬的外壳，花瓣是透红的，花蕊鹅黄，未开的花苞，微微张开像锯齿，红里透着亮，而辛勤的蜜蜂，就在花丛里奔忙，全然不顾我站在一旁。

可我看不得一地的落红，那一朵朵枯萎的花，静静地躺在泥土上，总让我想起物是人非，时光匆匆，还有远去的人与事。

我的母亲在世时，清晨，她就拄着棍在院子里一圈圈走着，有时停下来，看看这棵石榴树，看看院子里的天空，又会到我的房间喊我吃早饭。可现在，我再也看不到母亲了，只有她老人家的音容笑貌，还牢记在我的心间。

父亲是在我进了堂屋，才一觉醒来的，也许是年龄大的缘故，他这两年似乎特别嗜睡，要么出去打一上午牌，要么就是昏天黑地地睡，我想，这也许跟母亲去世，还有村子里同龄人越来越少的缘故吧。老人的内心，有时就是这么的寂寞。

可我又能做些什么呢？除了多回来几次，跟父亲聊聊天，带父亲出去旅游，我还能做什么？父亲，越来越苍老了，每次回去，我的心，总有一种隐隐的痛，一种离别的痛。

晚上吃饭，家里是热闹的，哥嫂和侄子一家都在场，尤其是喧闹的小孩子，让父亲非常开心，他抽着烟，喝了一罐啤酒，特别跟我提出来，今年还要坐着飞机去旅游。

我竟然莫名的有些安慰，是啊，我要满足父亲的心愿，这样，我的心才更踏实。饭桌上，我们跟父亲谈起往事，很多事情，他依然如数家珍，他今年已经 82 岁了，想不到，记忆力还是如此的好。

芒种时节，雨水有时不请自来。深夜，在外面淅沥的雨声中，我听到隔墙父亲大声放电视的声音，他耳背了，与外界沟通有了一些障碍，我能理解他的内心，他想通过这种方式，保持与现实的一致。

我毫无睡意，披着衣服，走出门来，外面黑沉沉的，石榴树也睡着了吧，我感受到村庄的宁静。

其实，在我家大门口的水沟边，原来也是有一棵石榴树的，应该是父亲亲手种下的，它身躯庞大，犹如一大束高高的灌木丛，它的叶子，也是油绿发亮而清新的，那满树的鲜红的花朵，给了少年那些枯寂的日子多少鲜活的色彩？可后来盖房子，被刨掉了。

是的，石榴花，是在纷扰的春花褪尽之后，带着使命，姗姗而来的，在麦芒黄黄的时候，在游子归乡急迫的心里。

石榴树一旁的南屋，曾是我哥结婚的新房，我哥搬走后，就成了我跟小伙伴们冬天打地铺的地方。后来，我上初中，它就成了牛屋。现在，变成了堆放杂物的废弃房子，石榴树依旧茂盛，并越长越高，而这所房子，却日益老旧，这怎能不让人感伤？

石榴花，是不同流俗的，它牢记自己的季节，该来时来，该走时走。它是成熟而美丽的，灿红，代表了它的姿态，而落红，则表达了它的舍弃。每当深秋，那满树的红石榴，就是一种等待，摘一个，掰开了，将一颗红而透亮的石榴粒放进嘴里，甜而发涩，多像人生的味道。

我走回房间，躺在木板床上，黑暗中，一遍遍电影般地回想，睡意蒙眬中，我听到了远处那有些凌乱的、池塘的蛙声，是那样的低沉，它是想唤起我的回忆吧，它们伴着石榴花的影子，慢慢消融在无边的夜色里……

2016 年 6 月 5 日　家乡

失落的乡村文明

一

古朴的乡村文明，现在好像在一天天沦落。

在很多地方，村子，就像被遗忘的老人，空落落的，早已没了原有的生机，如果待上些时间，你会发现，就连鸡鸣狗吠声都稀少了很多。

已过去的，好像都已经过去。村子上空，已没有了从前家家户户飘出袅袅炊烟的景象，有的只是紧闭的房门以及离世老人留下的风吹雨淋而倒塌的残垣断壁。

在农村，经济条件好一些的，都已经搬到了集镇，也有在县城购买了房产的，没有搬走，胳膊腿健全的，大都到外面打工了。这年头，生孩子容易，抚养孩子艰难，让子女成家立业，有房子、娶妻子（嫁出去）、生孩子，成为很多乡亲心头上的新“三座大山”，凭着那些薄地，根本不可能，外出打工是他们不得不做的无奈选择。因此，村子里基本上只剩下老人和小孩，也有的孩子随大人到打工的城市上学去了，成为被“边缘化”的群体，原本很热闹的村落，现在犹如被大家遗弃，变得稀落不堪而任凭“风吹雨打”了。

只有过春节时，村子里才有一些暖人的气息，但大年初一的鞭炮一放完，大年初二开始，就有人准备离家，又外出务工了，他们就像迁徙的候鸟，每逢大的年节才回来，而故乡，则成了他们定时回来休憩的驿站。

因为没有了以前经常性的串门往来，亲人、亲戚相聚的机会减少，原有的那种乡情、亲情难寻，时空，让血缘关系疏远。

二

在我家乡村东头，原有一口水井，从我小时候记事起，它就存在，到底多少年了，好像没有人具体说得清楚。

小时候，小伙伴们经常趴在井沿看井壁的青苔，看清亮的井水照出的人影，后来慢慢长大，从跟着父亲到水井打水玩，到自己打水不用扁担，双手提着水桶一路健步如飞，倒进水缸里，直到挑满，那几乎是我每周末在家必修的功课。

水井，也是叔伯、乡亲聚到一起拉家常的地方，他们把水桶、扁担搁在一边，抽着烟袋，说着家长里短，然后又各自回家，水井，又恢复平静。

可后来，因为被划成了宅基地，要建房子，井被填平了，这口滋养了几代人的甜水井，逐渐淡出了乡亲们的视野，成为了乡村久远的记忆。

当然，与水有关的，还有村后的那条小河，以前很清澈，小时候，暑假去临近村的豆地里捉蛐蛐，有时跑得远了，累了，口渴，就把头伸到河里，咕咚咕咚猛喝，也不会肚子疼。

原先村后河边，有一大片沙滩，都是河沙，没有淤泥，夏天时，就成了小伙伴们的乐园，这里，消磨了许多同龄人儿时的时光。可后来，上游化工厂排污，河水被污染了。有一年春节回家，去看小河，竟然看到河面上飘着一层红红的东西。当然，以前小伙伴在河里游泳、嬉戏的场景，再也没有过了。

这条名叫浍河的家乡小河，也逐渐在一代人的心里荒芜了。

三

家里有一个堂哥，40 多岁了，小时候患过眼疾，一直没讨到老婆，这中间，也有外地人卖媳妇给他，但都是骗子，而他和伯母竟然也相信，往往花了几千元之后，没过几天，人财两空。伯父、伯母去世后，他更加孤单，经常守在侄子给他买的电视机前，一看一天。他爱喝酒，但几乎每喝必醉，而喝多后，就大声哭号、嚷嚷，躺在地上像死人一样，后来，大家聚到一起喝酒再也不敢喊他。

几年前，有一次回老家，族里人告诉我，他跟着一帮耍猴的去四川了。听大人说，小时候，他喜欢到不远的集市上看杂耍，没想到这次，他竟然跟了去。他是不识字的，已经三四年了，音讯全无，他还能不能自己回来？几次问侄子，他都说联系不上，而堂哥也没有联系家里，他的出走，让人心悬。

在农村，每到农闲，或逢年过节，总有玩杂耍的人到村里演出，那时候人没钱，表演结束之后，都是挨家挨户去收粮食，但在当时文娱活动极度缺少的农村，那成了农村人的一种莫大的娱乐，甚至成为孩子们心头的一种渴盼。

爆玉米花也是以前乡村的一大乐事。随着春节临近，用架子车拉着家当的师傅就来到村里，找一个空旷的地方，支好一个两头细、中间粗像热水袋一样的机子，把一茶缸玉米倒进去，在煤火上烧，等达到压力值，就用脚踩着打开，“嘭”的一声，雪白、香喷喷的爆米花就喷溅出来，即使有落到地上的，小伙伴们也抢着去捡起来吃，那种香甜，多少年都忘不掉。

可这些，随着农村生活水平和消费需求的提高，也逐渐退出历史的舞台，成了很多人心头的记忆。

四

农村的春节，是一年当中最热闹、最快活的日子。

进入腊月之后，乡邻们都开始准备采购年货，而过了阴历二十，家家户户开始蒸馒头、炸丸子、煮大锅菜，那成了孩子们最畅享的时光。

用砖砌成的烟囱，甚至低矮的窗棂和厨屋门，都冒出白色的烟雾来，家家户户都是如此，那飘出来的炸东西的香味，直入肺腑，让孩子们一次次跑进厨屋，向忙碌的大人讨要，而大人们往往把刚出锅的馒头和丸子先敬奉神灵，然后才给孩子吃，并不让孩子多说话，孩子们拿着雪白的馒头或焦香的丸子，从厨屋里欢呼着跑出来，那种幸福，难以形容。

农历腊月二十三，农村还要吃灶糖，目的是“封嘴”，让灶神爷“上天言好事，下界保平安”，那种糖，是用红薯制作的饴糖，不仅甜而且粘牙，让人经常想念。

大年三十，家家都开始贴春联，通常都是大人带着小孩，过年的氛围更加浓重。晚上，更是孩子们的天堂，大家甚至整宿不睡，兜里揣着花生、瓜子或糖果，到处去拾炮，到了上午，有干爹的孩子，则要去给干爹拜年，初二，则要去姥姥、舅舅家。

串亲戚带什么东西呢？炸的丸子、鱼、馒头，从集市上购买的装有羊角蜜、芝麻饼等糕点的果子，有的在竹篮子上层还放有细粉，上面再盖上毛巾，把篮子捆在自行车后座上，就去串亲戚了。

那时走完亲戚，大概都要在初十了，而现在呢？大家都是从商店购买整箱的饼干、方便面或牛奶、火腿肠等，一天都走好几家，一两天就可以走完，很省事，但心里头总感觉缺少了什么？可又缺少了什么呢？想一想。

五

那时的正月十五，也是值得回忆的。

不像现在的孩子，到街上去买各式各样的彩灯，响着音乐，会转动的等等。那时候，大都是买手工纸糊的红灯笼，条件不宽裕的，母亲就自己蒸面制的油灯，通常像大号的圆柱形酒杯，上面挖成一个圆坑，里面盛放猪油或棉油等，再把棉絮捻成条，插在中间，点燃了，拿着它，村里村外跑，等棉条、油燃尽，就把面灯吃掉，然后依依不舍地各回各家。

每年冬季、年底或开春，乡村或集市上会唱大戏，老人们都搬着木凳或马扎，赶庙会一般，从四面涌过来，人声鼎沸，这一边卖冰糖葫芦、麻糖、纸烟、瓜子、糖、花生的，那一边丸子汤、饺子、肉盒、吊炉烧饼、包子、油茶的，应有尽有，热闹非凡。大人、小孩也各取所需，听戏的，玩耍的，吃喝的，凑热闹的，就像喷发的火山，集聚着，释放着，就在那时的乡村一角。

那时的戏曲种类也很多，豫东调、扬琴、柳琴书、永城大铙，等等，村头的大喇叭里也经常播放。而现在呢，有些曲目已成了非物质文化遗产，即使也有剧目演出，可也早已失去了原有的韵味和人潮，这是不是一种失落？

六

小时候村里，不定期会有一个老人拉着架车，手摇着拨浪鼓，大声喊着“破衣裳，烂套子，还有小孩的破帽子。”来换废品，就是不给钱，只给换小孩喜欢吃的糖豆，用小米做的花蜜团，或者适合婴儿戴的各种样式的花帽子等。而小孩子们总会把家里的塑料布、穿破的凉鞋，还有棉花套子等，拿出来换东西。

有一次，这位收废品的老人对旁院一个侄子说“把你家的破鞋拿来换东西”，结果被大人听到，起了争执，差点打起来。

当然，卖东西的也会到村里来，我们叫他货郎，就是用肩担着货品，走街串巷，大都是卖的针线等日用品，还有小孩子喜欢吃的糖豆、江米糕等，价格也很便宜，记得一分钱就可以买上一个花蜜团，二分钱买一盒火柴，再后来，五分钱可以买一盅香瓜子。当然，货郎卖的东西，也可以讨价还价的，一前一后两个货篮前，总围着一圈小孩。

在那个刚刚解决了温饱的年代，那位收废品的老人，那个挑着货郎的中年男人，就成了那个年代乡村里特有的商业符号，每每想起，总有一股幸福与温暖洋溢在心头。

现在，很难再看到他们了，除了物质极大丰富、购物方便外，还有就是，接近空巢的村子，对他们而言已经失去了来的意义。

七

滚滚的时代洪流，催老了岁月，也遗落了曾经的美好。

原有城乡二元结构的变化，彻底打破了乡村原有的生态，而资源配置的严重不平衡，导致农村经济以及人口的空心化，乡村就像风烛残年的老人，传统的乡村文明慢慢变得颓废。我曾亲眼看到生机盎然的广东汕尾，很多村子空无一人，只看到村头破败的神龛，几乎看不到一个人影，村子整体陷落，孰可忧，孰不可忧？

一个时代的来临，必然是另一个时代的终结。经济的发展，在给大家带来美好生活的同时，也让一些曾经的美好丧失。农业机械化，解除了农村对劳力的束缚，加之农业价值被低估，造成农民种地积极性的丧失，原有的农耕文明不再，故有的亲情割裂，而有线电视数字化、互联网、智能手机、新农村的出现，虽然打开了外面的世界，方便了沟通，但人与人的距离，不是近了，有时反而更远了，这到底是进步还是退步？

我怀念蓝天碧水，恬静乡村，怀念上学及放学回家的路上，怀念淳朴的乡情与亲情，怀念村头的那棵弯枣树，还有那曾经的乡村美丽故事，它们都历久弥新，永记心田。

2015 年 12 月 30 日

青草池塘的蛙声

我又听到久违的蛙声了。

我从书桌前站起来，拉开窗户，仔细地听，“呱呱，呱呱”，在小区的池塘，在清亮的月光里，此起彼伏的蛙声，传得很远。

我的思维，一下子又被激活了，这些蛙声是如此的熟悉，如此的亲切，它把我又拉回到了从前，让我忆起那无边的黑夜、星光、月色，还有青草池塘。

初春后，农村的忙碌，大概是从村东头那口老井里的水变得清凉开始。乡亲们把在牛屋里待了几乎一整冬的耕牛拉出来，在有些刺眼的阳光里，给它梳理毛发，又把打麦场重新犁起，把从水井里打上来的水洒匀了，套上牛、石磙，一遍遍碾压，直到平整、光滑，这应该是农忙的开始。

田里的麦子，一天天变黄，而村里村外的树木、树叶也开始变得稠密，它们装点着村落，给玩耍其间的孩子们一个遮挡的绿荫，或攀爬的臂膀。我家堂哥屋后的，奶奶家的柿子树，小柿子就像指甲盖大小，它们藏在椭圆而厚实的叶子里，一天天长大。

从村后小河引到村子里的池塘，里面的水，常常是丰盈的，里面养了鱼，塘沿上一块空阔的地方，往往是我和小伙伴们相聚或偶尔发呆的地方。

多少次，玩累了，我们坐在池塘边，托着腮帮，想象着如果能像水塘里的鱼一样，自由自在该有多好。透过树隙洒下来的阳光，照在脸上，让人有些犯困，我们闻到了村东头那滚滚麦浪里，一直酝酿着新生活的麦香的味道，直到大人喊着吃饭的声音传来，我们才拍拍屁股上的土，各自分手回家。

麦忙前农村的夜晚，往往是清静的，除了谁家院子里微弱的灯光以及偶尔听到的磨镰刀的声音，就是那响彻云霄的蛙声了。

我们往往从池塘开始，一直追到小河边，在那有些潮湿的初夏，寻找一些捉鱼捉虾的乐趣，我们经常沉迷于夜色，乐而忘返。

麦收前，神奇得很，通常会下一场雨，或大或小，有时还夹杂着大风或冰雹，甚至会把麦子刮倒。记得上初一时，一场冰雹雨，把宿舍的房顶都给砸漏了。雨过之后，河里、沟里的水，浑浊而丰沛，晚上走出来时，树叶上的雨滴，滴在脖子或身上，一种很舒服的凉爽。

也许是雨水多的缘故，水草异常丰茂，而没有经过修剪的河岸的草丛，正恣意生长，它把我们的布鞋打湿，甚至纵容蚂蟥爬上我们的小腿。

蛙声，通常是有节奏的。先是试探性的，几声清脆的间歇性的叫声，接着，又有跟随者，变成了群体演奏，如果这时还没有打扰，几乎是在瞬间的工夫，这里就成了宏大的交响乐团，声音高高低低，长长短短，或浑厚，或清脆，或引吭高歌，或浅吟低鸣，它们是星空下的精灵，要在芒种的节气里，展现自己的歌喉，谱写生命中华美的乐章。

如果用手电筒照过去，趴在岸边草丛里，或在水葫芦叶子上的青蛙，会瞪大眼睛看着你，它的眸子是明亮而清澈的，一如身边的河水，它的腮，是翕动的，似刚刚结束一场盛大表演，而此刻正在小憩。

它们也是灵动的吧，哪怕一点声音，比如脚步声，草丛里水蛇的滑动，都会让它们敏感起来，“扑通”一声，它们跳进水里，在水底飞快地游，又从另外一个地方浮出来。

我家东南角，原有一处我哥挖的荷塘，我总喜欢在雨后跑到那里，看圆圆而晶莹剔透的雨珠在硕大的荷叶上滚来滚去，看那初露的粉红的荷苞，看那刚刚从水里冒出来的，小小而像雨伞一样的荷叶，看游动的鱼，看那一群群黑色的小蝌蚪，还有端坐在荷叶上，一样看着我的青蛙……

我跟它们是不是相识？还是许久以来就有了默契？我不得而知。但我喜欢聆听它们的歌声，它们的歌声，也是一种乡音吧，因为歌声里，总能浮现出炊烟、菜园、鸡鸣狗吠、麦浪，还有那一汪汪的池塘……

青草池塘，是我年少时的记忆，那一声声的蛙鸣，多像故乡对于游子的呼唤。青草池塘，载着我们儿时多彩的梦，那响亮的蛙声里，又有着多少乡亲熟知的面容……

2016 年 5 月 21 日　草创于郑州

22 日　天津滨海圣光皇冠假日酒店修改

乡　秋

已经是秋天了吗？看着外面有些枯黄的树叶，我问自己。

是的，已经是秋天了，我分明嗅到了秋天的气息，看到了秋天的情形。

我站在窗前，眺望着远方家乡的方向，那里好像已经隐约有农忙的迹象。

我闭上眼睛，努力想象着家乡秋天的景象，那是一种怎样的憧憬与向往呢？

秋风乍起，天空越发高远了吧？朵朵云絮，飘在蔚蓝的天际，优雅，高洁，它们也一定是思乡的吧？我看到了它们对我的微笑。

覆盖了田埂，圆圆叶子爬满地的红薯，一定成熟了吧？那挖出的清新带着湿泥的红薯，便是儿时小孩子们的最爱，或在河沟边洗一下，脆生生地吃，或刨个坑，架起来，用火烧烤，那烤熟闷了后，扒出来，冒着香甜味道的烤红薯，是孩子们快乐的记忆。

玉米缨已经干枯了，玉米露出金黄的牙齿来，稍微嫩一些的，依然可以下锅做稀饭，那是满嘴生香啊。长熟的，则在田地里，就像一排排等待检阅的士兵，笔直地站着，静待乡亲们掰下来，挂在院墙上，树干上，以及屯在粮囤里，那是农人一季的希望。

不远处的豆田里，低矮的豆稞，伫立在青黄色的叶子堆里，粒粒饱满而毛茸茸的豆荚，在枝条上突兀着，有的迫不及待，已经炸开了，它们也在等待着收割，给农人一个很好的收成。

此时棉田里棉花的叶子，已经呈现出成熟的斑痕，有的棉桃还青着，有的已经张开嘴巴，棉絮已经被摘走，只剩下空空的有些寂寥的壳。

在打麦场里，芝麻已经开始晾晒，一簇簇捆扎起来倚在麦秸垛，或支在木架子旁，下午或傍晚，从地里干活回来的大人，开始在拆开而缝在一起的蛇皮带上磕芝麻，旁边通常是有小孩子的，他们在麦场里追逐、玩耍，偶尔，抓一把芝麻塞进嘴巴，又大喊大闹着玩去了。打麦场，那是儿时孩子们快乐的天地。

村后的小河，在浑浊了一夏之后，终于又澄清透明了，河边的柳树，在展示着一年中最后的美丽，细长而黄的叶片，飘落在水面上，它们就像一艘艘整装待发的船儿，在做着出征前的准备，树叶也是蚂蚁们的船，载着它们去远方，让我想起小学时学到的课文里的内容。

小河，又成了鱼儿们的天堂，它们在清澈的河水里自由自在地游弋，岸边是栽种的、开始抱芯的白菜，已经长出地面的红萝卜，或有着青青缨子的胡萝卜。秋蝉的声音，越来越稀少，越来越弱了，路边，草丛里的蟋蟀，从未有过的活跃，仿佛，整个世界都变成它们的了。

回望村庄，一缕缕炊烟，开始在房顶上空升腾，乡间的小路上，羊群的咩咩声，或迟归老牛的喘息声，拿着各种农具从地里归来的大人们打招呼的声音，在乡野和村口飘荡，那是一首首咀嚼不尽的岁月之歌……

多少年来，我总怀念家乡的秋天，它们总是如影随形地出现在我的脑海，让我忆起那时的美好，它总挑起我内心深处的那一抹柔柔乡情，让我如梦中呓语，念念不忘，它们仿佛就在昨天，就在眼前，让我流连忘返。

哎，我的乡秋，我儿时的梦！

2015 年 9 月 6 日　上海虹桥机场

校园铃声

你是否还记得学生时期校园的铃声？

那对每一个学子来说，也许都是一段纯真而难忘的记忆。

在我还没上学时，就喜欢聆听离家不到一里地的小学传出来的铃声，它好像是一种神秘的召唤，召唤着我们这些乡村里整天滚得满身是土的小孩子们。

那时，无论是在田里帮大人干活，还是在村头割草，抑或是与小伙伴们一起玩耍，只要一听到那从远处传来的铃声，我就会屏息静气，脑海里想象着校园里的景象，渴盼有一天，也能走进课堂。

上了小学后，梦想变成了现实，我也就可以近距离地看到那挂在树上的校钟了。它并不大，生铁铸成，形状有点像草帽，也像战争片里的钢盔，铃绳在树下低垂着，大多时候，它都是安静的，就像一位忠诚守护着校园的老人。

可它是具有权威的，除了老师，学生们都不敢动它，而它发出的声音，更像部队里的军号声，代表着命令和集结。当预备铃声“铛铛铛，铛铛铛”响起时，无论是在路上，还是在路边贪玩的同学，都会赶快整理好斜挎在肩上的书包，一路小跑奔向学校。

铃声不同，含义不同。预备铃通常是舒缓的，就像母亲吃饭前站在家门口一声接一声地喊孩子，能看到拿着书、粉笔盒和教棍的老师站在教室门口。而上课铃通常是急促的，代表着无可争辩与没有借口，催促你尽快进教室，迟到的会被罚站。下课铃有点低沉，总是从紧张的学习氛围里突然响起。而放学铃是飞快的，好像应了同学们饥肠辘辘的肚皮。

不同的老师，风格亦不同。男老师打铃，通常声音浑厚短促，而女老师打铃，则是清脆悠扬。

而铃声，在同学们来看，心情更是迥异。

下课铃是大家喜欢的，在教室里憋了 45 分钟，有些学生似乎按捺不住了，一听到铃声，一个个就像离弦的箭，有的去远处墙根的露天厕所，有的就在教室外的空地上，玩踢毽子、沙包、跳马等游戏，有的你追我赶，嬉笑打闹，校园一下子生龙活虎起来。

放学时，场面通常是壮观的，大家好像是铆足了劲儿，也好像专门是在等待铃声响起，打铃的老师好像也急着回家似的，铃声急促而短暂，大家就像奔涌的洪水，先从教室后门，然后是前门，潮水一般倾泻而出，校园瞬间沸腾了。

如果是在小学，大家从并不宽大的校门跑出来，顺着或大或小，甚至学校墙根的小路，说着、玩着，放学回家。而上了初中时，不回家的同学则拿着饭缸，一溜儿小跑到打饭的窗口，校园的空气里，很快就弥漫了水发面馍和放着猪血、青菜咸汤的诱人味道。

小学和初中，都是人工敲铃的，老师们应该都有排程，记得校长有时还会亲自敲钟，铃声干脆而镇静，与他们的身份非常吻合。

高中和大学，已没有人工敲铃，换上了电子铃，因此，无论是预备、上课、下课、晚自习，还是放学，都是清一色急促的铃声。高中时，大家对这种没有情感的铃声，好像已经麻木，因为除了睡觉，大家大部分时间都在教室里学习。但那时的铃声，却是难忘的，它一阵紧似一阵的刺耳声音，似乎在告诉学子，决定人生命运的高中生活是紧要的，一寸光阴一寸金，寸金难买寸光阴，大家要珍惜啊。

大学时，这种铃声又与高中大有不同，除了上课外，晚自习的教室门可罗雀，铃声异常孤单，在空旷的走廊，甚至能传遍整个楼层，尤其是毕业前的日子，大家行色匆匆，那些铃声就在脑海里渐行渐远了，大家思考更多的，是未知的前程……

人生的历程，最美莫过校园时光。

那时的铃声，代表一个时代，一个物质匮乏但却非常快乐的时代，那不同的铃声里，都是满满的光阴，都是一个个铭记在心的往事……

2016年7月9日　郑州大学

乡土故事

哥哥的那个时代

之所以想写这一组文章，是为怀念我永远热爱的乡土。

在我经历的所有人生岁月中，有20年都是在我的家乡度过的。故乡的风土人情，一草一木，都给我留下了深刻而难忘的印象，也总能掀起我情感的涟漪。

而近年来，由于家乡的变化，一些人与事渐行渐远，怀乡的思绪日渐浓烈，于是，利用各种回乡的机会，与长辈、宗亲、乡邻叙旧，只想为找到家乡曾有的故事点滴，并把它写出来，作为对乡土的一种深切缅怀。

没有乡愁的情感，也许是不完整的，而有了乡愁，又不知道怀想的，也许是人生中的一种缺失，也许正是不想留下诸多遗憾，才写下以下文字，以为记！

我的哥哥，是20世纪60年代中代出生的人，赶上“文化大革命”，却没有受到“文化大革命”所影响。

那时，大队采取工分制，青年时代的哥哥为了给家里挣工分，跟父母及姐姐一起，起早贪黑，干了大量的农活，耕种、犁耙，施肥、浇水，割草、喂牛，样样都会。

但哥哥不爱学习，母亲在世时，不止一次地说，哥哥上学时总爱逃学，跟村里的伙伴们在河沟里玩牌，按老家话讲，他就不是一块上学的“料儿”。

但大字不识几个而又“望子成龙”的父母，还是想让哥哥出人头地。于是，十几岁的年龄，就让他去了距离我们村五公里左右的一个当地大队办的戏校学习，而恰好，我父亲也被邀请在戏校里拉弦子。

虽然不擅长学习，但我哥的唱腔却是不错的。有一年冬天，一大早，天还很黑，我还在睡觉，就能在被窝里听到我哥早起在村东头的旷野里练腔、练唱。也许因为他的用心，大概有一二年的光景，我哥就因唱豫东红脸王，而在我们当地小有名气，一些当时听过他戏的老人提到我哥，啧啧称赞。至今，我还记得，有时公社大门口喇叭里播放的，就是当时录制我哥他们所唱的戏曲片段。

也许是唱腔好，喜欢我哥的女学员就托人说媒，或接近我的家人。在当时一个拖拉机站改成的戏校，父亲拉弦子，演员试唱，我则站在不远处拖拉机的履带上，自己沿着玩。这时，几个女学员拿着马鞭走过来，不停地询问我家里的情况，并从口袋里拿出好吃的给我。就这样，在农村流行早婚的当时，我哥在十八岁那年，在我家的砖土结构的房子里，结了婚，并在同年，有了我侄女。

那些年，演艺事业好像并不景气，偶尔的演出也大都是公家指派。后来，哥哥告诉我，很多演出都是管吃管住，但没有报酬，但也许是因为热爱，他仍然乐此不疲，后来，通过努力他还考上了县剧团。

我哥依然醉心于他所喜爱的戏剧事业，我在读初中时，有一次我哥摔伤，他依然带伤去外地演出。当时，我骑着一辆破旧自行车送他去省道等车，清晨凛冽的寒风都没能阻挡住他前行的步伐。

也许是当时的演出形势的确不好，生活压力增大，包括要照看侄女，还有后来陆续出生的两个侄子，我哥的演艺事业中断了，开始跟着我父亲后来加入的响器班演出，每次与父亲一起，红白喜事不同，也能分得三五块钱，以接济家用。

但这种“混搭”演出也并不多，分家后，为了增加收入，哥哥开始在后来院子的东南角挖了一个方方正正的大池塘，种上莲藕，养上了鱼苗，多少时候，这里也成为我们儿时的乐园。

哥哥，应该算是一个有梦想的人，他竟然还想出了去外地贩菜，用自行车带着两个可以挎在车座上的柳筐，凌晨动身，天未明回来，然后到集市上去卖。我想，当时的哥哥，劲头儿一定是十足的，二十多岁的年龄，对生活充满了憧憬。

老家有一个远房的表哥，比我哥小一些，也许是都爱唱戏，尤其是唱唐派《三哭殿》，有板有眼，模仿得非常逼真，有一年，他们两个竟然结伴，带着琵琶、弦子等乐器，去南乡的蚌埠等地讨饭。回来时，挎着新绿的有着好多大小口袋的帆布包，里面还装着各式的糖果，以及过年才能吃得到的大米。我不知道，当时他们的路程有多曲折，他们又经历着什么样的事情，有没有遭受白眼，有没有受到委屈，但对于当时的我来说，那是一次甜蜜的记忆。

每年的麦收与秋收，算是农村繁忙的时候，即使如此，我在我们家姊妹四个来说，仍然是干活最少的，这是家人都不想耽误我学习，希望我能来完成其他人没有完成的家族使命——考大学，改变命运。所以，我除了在家做简单的饭菜，就是在地里帮着架车把，干些轻活，而哥哥则光着膀子往车上装。夏季时是麦子，秋季时是豆棵、玉米或棉花秆，一季下来，哥哥脸上、身上晒得黑黝黝的，拉车的时候，他拉着，我推着，到打麦场卸下来，然后再到地里去装。在我上大学之前，这样的场景每年都在上演。

直到收割机出现，而地里收获的粮食仍然不值钱，哥哥才跟村里的乡邻一样，开始频繁去经济发达的长三角打工，成了一名依靠体力谋取生路的农民工。他们往往大年初十一过，就背上行囊，直到年底才能回来，去挣取属于农业收成之外的一些收入。

他们在外面是很艰苦的。有一次，我去上海出差，顺便去看哥哥干活的工地，潮湿而酷热的七月天气，低矮的临时房住了四五个人，而只有一台小摇头扇，他们吃着只加了盐，连点油花都很难看到的水煮白菜，还有粗糙的米饭，很难想象，他们在如此粗劣的条件下，是如何工作的。在不远处的一个饭店请哥哥他们吃了饭后，我拉他到超市买了凉席、吃的、用的，真没想到，从一个很有前途的演艺职员，到一个菜贩子，挨家乞讨的艺人，现在成了可以忍受任何环境的名副其实的农民工，他是怎么做到的，是生活所迫吗？还是已经认命？我不得而知。

在我上高中的时候，整整三年，都是我哥从家里用自行车带着粮食，送到学校去换粮票，每次，看到他大汗淋漓，从近三十公里的地方，经历土路、渣子路、坑洼不平的公路送到学校，我总感觉上学的不易，也就愈加勤奋学习，这成了我当时的一种内在动力。由此，我也想到，他能不停地转换角色而很好地适应，也许跟他年轻时经受过的那么多苦累有很大的关系。我现在还仍然记得，高考前，哥嫂一起去学校看我，我拿出不久前获得的用红纸包着的 30 元的一等奖学金给他们看，这也许是我当时能够带给我哥他们的最好的回馈。

时光匆匆，如今，我哥已 50 岁出头，由于整体经济形势不好，现在他只能时断时续地在一些工地做内墙粉刷的活儿，干一阵儿，歇一阵儿，却也大都是在外面，真正能够闲下来的时间，一年也就只有在最隆重的春节。即便如此，他有时也闲不住，经常被一些响器班邀请客串，挣一些虽然不多，但却让他自己十分开心的小钱。

由此，我也想到，哥哥作为农民工，属于千千万万群体中的一员。城市，是不属于他们的，虽然他们参与建造了很多高楼大厦，他们的根，其实还在农村，这也许是他们安身立命的地方，是唯一让他们有些保障的大后方，虽然粮食价格很低，甚至种地还要赔钱，但却能够让他们踏实。

同时，处于社会转型期的他们，也是迷茫的。他们也有着自己的梦想，可他们又必须屈从于现实而四处奔波，他们既是幸运的一代，没有赶上三年困难时期，可他们又是艰辛的一代，面对城乡二元结构的打破，“面朝黄土背朝天”生活的改变，他们有些无所适从。他们上有老，下有小，又缺乏相应的社会保障，这也让他们背井离乡，不得不去寻找属于自己的并不明晰的幸福。

好在我哥是知足的，他在他的角色转变里实现着自己的价值。如今，侄女远嫁他乡，大侄子在做着他自己的生意，唯一放心不下的大学毕业已几年的小侄子，也在苏州一家企业上班，还兼职做着快递，一步步在为着生活的理想打拼。哥哥告诉我，等小侄子结了婚，成了家，他的任务也就完成了，这样，他就不再出去打工，而可以安享生活了。

在我哥家的院子里，种着很多蔬菜和果树，人葱、豆角、南瓜，还有樱桃、葡萄、枣树、杏，等等，而院子的东南角，原来池塘的地方已经填平，准备建成新农村的广场，我哥理想的新农村生活即将开启。

2016 年 6 月 9 日　家乡

儿时的玩伴

大概在我十岁时，村里搬来一户刘姓人家。

这成了轰动我们村的大事。

一是这户人家的主人刘叔是我们公社干部，当武装部长；二是他们家先后盖了好多房子，不带牛屋，也至少有十间之多，并且还都是清一色的红砖青瓦，这在村里大都是泥坯子屋的当时，成了我们村里最富有的象征。

刘家的房子，就在北地村口，墙上刷着“农业学大寨”的白字标语，屋后路北，是我奶奶家的柿树林，这也是我们当时上学的必经之地。

那一段日子，如果碰巧有送砖的车来，我们小伙伴正好放学经过，女主人——后来我们都喊刘婶，就招呼大家，帮着把砖卸下来，或者搬到院子里去，当然也不是白用我们，事后，总会拿出很多或白或黄或绿的蘸果豆，或烤得焦酥的圆圆芝麻饼犒劳我们，这成了我们那时的一个甜蜜记忆。

刘家共三个孩子，最小的小名叫选，小我几岁，因为在同一个学校上学。又经常在一起玩耍，我们就成了好朋友。

也许不缺吃少穿，小选从家一出来，嘴巴上总是油乎乎的，因此，他吃得有点胖，虽然个子不高，但身手敏捷。有时深秋的晚上，我们一起去耕犁不久的田地玩，他不仅车轱辘打得好，而且，向前跑几步，还能一下子翻过身去，并稳稳地站住，而我们总是折过去之后，就重重地摔在地上，他爬树还是好手，噌噌噌，一会儿就能爬到树梢。

当然，他还很调皮。有一次，我带着小朋友一起去戳屋后的马蜂窝，他亲自拿着竹竿，自告奋勇，在没有防护措施下出击，结果马蜂倾巢而出，他跑不及，屁股被蜇了一个大包。

他不爱学习，而我总是村里标榜的“学习榜样”，因此，在我上小学三年级时，刘婶就邀请我跟小选住一起，希望我能带动小选用功学习。这样，我跟小选就有了更多的接触和了解。

他其实很聪明，经常说一些我们不知道的事情，还偶尔捉弄我们，但就是不爱学习，这也许跟他家条件好、生活无忧有很大的关系。

小选家有一个甘肃兰州的远方表哥，曾到他家住了一段时间。他穿着尖头皮鞋，留着长头发，偶尔还潇洒地甩一甩，唇上留着小胡子，但并不长，穿着当时流行的喇叭裤，还拎着双卡录音机，会跳迪斯科，很时髦。

每当傍晚，他就带着我们，顺着村后的那条长长的东西小路，看日渐暗淡的天空，看一天天疯长的庄稼，看土路两旁杨树或桐树上嘤嘤飞的小虫，他开始大声唱《美酒加咖啡》等歌曲，他的声音很低沉，但很好听，声音里有着一丝沧桑的感觉，也许，他是在思念家乡或亲人，那时，这位表哥成了我们村里小伙伴的偶像。

他为什么千里迢迢来这里？小选说，是在家乡打架或“耍流氓”，但又告诉我，大人说了，千万不要说出去，我们当然不会说出去。

就是这段时间，我的记录本上工工整整记下了很多他唱的歌曲，像

《少年壮志不言愁》《酒干倘卖无》《外婆的澎湖湾》等，至今，我还记得当时刘婶开导小选，要他向我学习做任何事情都要认真的情形。

后来，小选的这位表哥走了，但很长一段时间，仍然是我们小伙伴经常谈论的话题，现在想想，那一段时光其实是一个时代，一个压抑了多年，而又反弹的时代。

也许是公家人的缘故，小选家的应酬很多，经常晚上有一些干部到他家喝酒，他们猜拳行令，声音很大，也很热闹，我们在东屋都听得一清二楚。甚至有一次，他们酒喝多了，争吵起来，当武装部长的刘叔，据说拔出了手枪，差点酿成事故。

也许是家里经常迎来送往，刘婶的厨艺很高，白菜心加白糖，就是一道喝酒的凉菜，红薯熬了后用白纱布包好挤出汁液，熬一熬，就是糖稀，舀出后，盛放在大缸里，有时小选就带着我们偷偷地用筷子搅着吃糖稀。在那个用馍蘸鸡蛋蒜吃都很奢侈的年代，这种记忆该是多么的美好。

后来，不知道什么缘故，在我上初中时，他家竟突然搬走了，到现在，我也不知道具体原因。宅子卖给了我们旁门的一个叔，也许是我当时住校，这个消息我回家后才知道。有一次放学，我经过他家，原来一直敞开的大门紧闭着，那个曾经传出歌声以及喧闹声的院子，再也没有了以往的繁华，它变得有些落寞了。

我们是曾经去过他老家的，离我们村大概也就二三十里。他爷爷去世，我们村里去了好多人，我也跟着去了，原本想能见到他，但可能由于繁忙，一直到走，都没能够看到他出来。直到多年之后，我大学毕业参加工作，有一次出差到驻马店，在物资局办的一个旅馆，办完事回来，竟做梦一样奇迹般地遇到了小选。

他依然胖乎乎的，个子也并没有长高多少，但却依然认得出来。我邀他下楼吃饭，记得喝了好多啤酒，他告诉我，他在跟他姨跑客运，从老家到驻马店这个线路。当然，这个年龄，他已不再顽皮，倒是黑黝黝的面庞上刻着一些沧桑。

转眼，又十几年过去了，从那以后，至今我都再也没有见到他，听说他现在住在县城，父亲在五十多岁时就去世了，母亲改嫁，他还在跑着长途客运……

我总感叹时光的匆匆，又总感伤岁月的无情。时间，老去了我们的青春，时光，又总是增添我们的念想。

我想在最短的时间内找到他，不为别的，只为一起缅怀那远去的童年时代，我还想接他到村里，一起再走一走小时候的路，聆听那曾经的欢笑，回顾那抹不掉的身影，还有村前村后，那讲不完的曾经往事……

2016年6月19日　郑州大学

打麦场往事

打麦场，是一个时代，几代人的记忆。

在没有上学之前，村东头，那片烙馍一样形状的打麦场，凝固了儿时漫长而快乐的时光。

在那个自行车都是奢侈品的年代，很多人练习骑车，都是从打麦场开始的。那时候，打麦场已经卸掉打场的重任，而人们也只有冬天才有空闲。

小伙伴牵着自家的或借来的大都是二手的自行车，穿着厚厚的棉衣，在打麦场一圈圈地练习。有的是一只脚踩着脚蹬，另一只脚则在地上跑，有的虽骑上了，却还够不着脚蹬，只能骑在前杠上，或者等待着脚蹬转过来。这时的打麦场，也算得上是骑车人的训练场。

放了寒假，小伙伴们还在打麦场，在靠近牛屋的位置，划一个方形的轮廓，定好规则后，先发方用一根木棍，击打一个两头尖的木楔子，让其飞远，另一方的人再把木楔子一人一次扔回来，扔到圈子里算赢，然后，又开始循环。这个游戏，是小时候冬季玩得最多的，往往几圈下来，身上就跑得热乎乎的了。

有时候，大伙还在打麦场的麦秸垛里捉迷藏，或者打“地宝”（一种纸叠的方形的玩具），女孩子则忙着踢毽子，或丢沙包。如果遇到下大雪，大家往往会躲到麦秸洞里取暖，出来时，头上顶着几根麦秸，大家互相打笑着。打麦场，成了寒冷冬天里大家的开心乐园。

冬去春来，在冰雪融化、小草发芽的时候，打麦场的地皮开始变得松软。这时候，麦子开始疯长，布谷鸟开始断断续续在村子树林里歌唱，小伙伴们开始挎着书包上学。但打麦场，仍然是大家放学停留，哪怕是短时聚集的地方。到了吃饭的时候，如果大人找不到小孩，在村口一站，向着打麦场的方向喊上几嗓子，往往就会有应声。

这个时候，各家各户开始打场，先把场地的土翻松，套上牛，拉上石磙，一圈圈碾压，直到溜光、坚硬，晒干了，等待收割的麦子。

麦收是一年当中打麦场最繁忙的时候。

一车车的麦子，用架子车从田地拉到场里，一层层均匀铺平，到中午时分，大人则戴着草帽，光着膀子，扬着牛鞭，在“吱扭吱扭”的石磙声里，一圈圈地把麦粒从麦穗里脱落下来，然后开始翻场，继续碾压，直到麦秸碾得发亮，麦子都洒落到麦糠里。等到傍晚，有时候是晚上，有风的时候，大人们开始扬场，麦糠飘得很远，一堆堆金黄的麦子呈现出来，那是乡亲一季的希望啊！大人们在忽明忽灭的卷烟的火光里谈论着，而小孩子们呢，要么相邀去河里游泳，在岸边捉蝉或捞鱼，要么就是在场边弯枣树底下已经甜蜜地睡熟。

收麦的时候，最怕下雨，如果突降大雨，那将是乡亲手忙脚乱的时候。打麦场灯火通明，有的将刚收下来的麦子垛成麦垛，通常，有人站在中间，一圈圈地垛高，另一家，有的撑口袋，有的往里装麦子，还有的拿着塑料布遮盖，有的拿着农具压住，小孩子们则睡眼惺忪，站在那里，不知所措。

雨后，打麦场也是很好玩的，小伙伴们纷纷从家里光着脚丫走出来，从溢满的河塘沿一直到场里，打麦场很光滑，有着清清的水洼，在上面玩类似滑冰的游戏，很有趣，但往往会招来大人的责骂。

这样的景况大概会持续一个多月，直到麦子都拉回家，存放在麦囤里，一季的心终于可以安稳。而打麦场，也会暂时清静一阵子，直到庄稼地里，在秋雨的滋润下，玉米、大豆、棉花、芝麻等越长越高，秋收也越来越近。

那个时候，农村的学校，都会放清忙假，小伙伴们除了割草喂牛、喂羊，帮家人掰玉米，在犁起的地里捡红薯，就是跟大人一起，拉熟得可以炸响的黄豆、绿豆、红小豆，甚至还有芝麻等到打麦场，这成了打麦场一年里最后的忙碌。

秋季的太阳，已经不那么热辣，在打麦场打豆子，时间也不再漫长，倒是磕芝麻是一件小伙伴们也可以参与的活动。每当下午四五点钟的样子，大人们就会到场里，拿着捆好的一捆捆芝麻，倒过来，在早已铺好的蛇皮袋缝制的单子上，用镰刀敲打，白色的芝麻粒就扑簌簌地掉下来，抓上一把，塞到嘴里，那从齿到唇到喉间的香喷喷的感觉，让人经久难忘。

秋后打麦场的晚上，热闹异常。大家纷纷从家里拿来凉席、被单或薄被，找一块干净的地方，把凉席一铺，一字排开，这里就成了没有遮挡的大通铺，大家叽叽喳喳，吵着、闹着、玩着，一直到很晚，才能慢慢入睡。

村里有一位旁院的爷爷，因为皮肤较黑，我们都喊他老黑老爷，他特别会讲故事，也许因为在打麦场的西沿，有他家三棵大枣树，他要经常看着的缘故，他在场里的时间就特别多，他甚至在树下，有一个木制、麻绳编织的架子床，我们一到傍晚，吃过饭后，就去围着他，问他很多我们不知道的问题，他就让我们安静下来。于是，大家或坐，或躺在凉席上，除了解答我们的疑问，还给我们讲述他年轻时发生在乡村里的灵异经历，偶尔还有一些鬼怪故事，常常让大家不由得裹紧被单，吓得大气都不敢出。

有时半夜醒来，打麦场一片静谧，远处，偶尔传出秋蝉“吱”的一声鸣响，黑黝黝的麦垛，就像一个个立着的大馒头，树叶在随着秋风呼啦啦地响着，有时候，除了满天眨呀眨呀的星斗，还有一轮银白的秋月悬在空中，或隐在云层，摸摸被子，也不知何时下了秋霜。

2016 年 6 月 23 日

我的乡村学校生活点滴

乡村学校的生活，就像一幅幅优美的画卷，时而在脑海徘徊，时而又不经意涌上心头。那是一个时代的放歌，在曾经小小的心里，占据了太多太多的空间，让我时时咀嚼与回味。

1981 年，我上育红班，老师就一个，是我们村论辈要喊我叔的一个姑娘，当时入学很简单，就是让数数，大家站在空旷的教室一角，一个个过来数数，数过了，就可以上学。

说是育红班，实际上就是教孩子识数、识字，带着适龄孩子玩，老师年龄也不大，还扎着羊角辫，穿着粗布暗红花纹的褂子。每天上课，就是用粉笔，在黑板上写下几个大大的汉字，或加法口诀，老师拿着木棍，一遍遍地领读，这比起去地里大汗淋漓地割草确实很有趣。

记得我们小学院子的东边，有一座废弃不用的土窑，倒塌了也没人管，裸露着红红的土，我们经常在那里玩耍。而土窑的南边，便是一排土屋，房子不高，每间都是南北四个窗户，而从东数第二间，便是我们一年级的教室。

教室里，都是一排排的泥制课桌，可以用粉笔在中间划开，板凳要从自己家里搬。班主任是一位女老师，邻村大队书记的儿媳妇，刚刚进入学校，不仅说普通话，而且教我们也很用心，甚至哺乳期都是在课间休息喂孩子的。我想，我参加工作后，能够从一口浓重的家乡口音很快就转为普通话，应该说很大程度上，都应归功于她。

在一年级的第一个冬天，有一天，突然刮起凛冽的东北风，教室里骤然变冷，班主任号召大家从家里拿来麦秆、塑料布、钉子糊窗户，我从家里拿来一大捆麦秆，与同学们一起，把窗户糊得严严实实，但问题来了，屋子变黑了，一到早晨或下午第二节课，屋子除了门的位置，其他大都是黑乎乎的，我们又从家里拿来煤油灯照明。

记得第一次考试，两个班级，我考第二名，语文100，数学99，而另一班的最高分，是双100。于是，我就成了我们班的班长，并且胳膊上别上了一个两道杠，这也许是我上学以来最初的荣誉。

当时，教我们数学的，是集上的一个女老师，矮矮胖胖的，但人特别好，也许是因为好相处，像妈妈一样，大家都很喜欢她。有时候秋季开学，大家都从家里拿来很多红枣、柿子给她吃。但有一段时间，她有事请假，让高中刚毕业的女儿替她上课，她女儿很严肃，老是板着脸。记得有一次，我不小心迟到，竟然让我站在外面将近半节课，现在想想，还有点发怵。

学校还经常开大会。有一次，我看到各班队伍前，都有一个凳子，有人站在上面指挥大家唱《学习雷锋好榜样》，我正在犹豫，班主任就走过来，让我上板凳，领着大家唱，我可从来没有过这种经历，但为了班级，也顾不得太多了，就在大家的搀扶下，摇摇晃晃站在上面带大家一起唱了。真不知那时的勇气从何而来。

小学三年级，班主任换了，是一位姓张的老师，集南头张庄的。印象中，他利用课余时间，让同学们跟着他回家干农活，比如拔棉秆。他经常让我在他不在班级的时候，带领大家读课文，现在我还记得，我领着大家读《八角楼上》时，那一字一句、有板有眼的一幕。

当年的期终考试，我考了年级的第一名，不仅综合成绩第一，而且还有几门单科也都是第一，记得那次拿了好几张奖状，放学回家时，我跟在大家的后面，无意中听到前边来自我们村的校长和会计的对话："咱们村的娃还是不错的，出了一个成绩一直都很优秀的连者（我的小名），我们埋在土里的金子，现在开始发光了。"三十余年了，我一直记得他们在路上说的这些话，并作为一种激励，深深埋在心里。

近年来，我在全国各地讲学，我也经常鼓励、赞美我的学员，因为我知道，无意之中的一句表扬的话，都有可能让对方受益终身。

小学四年级，班主任是我们村里，应该喊我叔的一位男老师，他长得有些清瘦，爱抽烟，也爱看书，我就是从他那里借了一些课外书，包括大部书来读，那时候读书，已不限于课本，对于一切能够借到、看到的书，我都如饥似渴，它打开了我通往外界的一个窗口。但很遗憾，多年前，不知什么原因，他母亲掉到河里淹死了，而他，竟也上吊死了。

当时，教我们数学的，是一位好像从县里或别的地方调过来的女老师，记得她个子不高，有些黑，但个性很烈，遇到集上男生欺负村里的，她一定会严厉批评。也许是因为当班长吧，经常去她那里拿作业，她知道我爱看书，就借了一本《书剑恩仇录》给我看，让我记住了金庸这个名字。而她家里的小师弟、师妹跟我熟了后，就特别喜欢跟我玩，现在我还记得，春天周末，我带着他俩走出学校，在旷野里，在一望无际的麦田，跑着捉蝴蝶的情形。而秋季时，我会带着他俩去成熟的豆地、玉米地里，去找各种野果吃，那个调皮的当时仅有三四岁的小师妹，总让我驮着她，或背着她，那一路清脆的笑声，至今还在我的脑际回旋。

五年级时，面临毕业，班主任依然是我们村里的，一个上过高中的前队的大哥，他教学水平很高，据说经常在我们县里出试卷、评试卷，但有些不苟言笑。他上课爱做比喻，深入浅出，他说做作文就如做菜，同样一块肉，有人会烧糊，而有人却能做得色香味俱全，全看你怎么把控火候，怎么去做材料组合，这段话，我至今还记得。

数学老师，是从另一个学校调入的教导主任，他喜欢利用课余时间，在学校的墙上，做一些数学竞赛，做对题的，就有本、笔、文具盒等奖励，激发大家的学习兴趣，很受同学们的欢迎。

就这样，我有点懵懵懂懂地度过了六年的小学时光，过了暑假，又充满新奇地踏上了我心仪已久的初中之路。那个时候，初中在我们眼里已很高大，除了瓦房，还有一个很大的操场，最后一排教室，是为我们新生新建的，教室前还有尚未填好的大土坑，那年，我们新生的学费里就包括了建校费。

初中的学习和生活，节奏明显地快了。即便如此，刚刚中师毕业，一个充满着生活理想的班主任李老师，仍然想让大家度过一个不一样的初一。每当下午放学，他就让我们列队，整整齐齐地跑出校区，在东围墙外面一个打麦场上，做操，做游戏，多年之后，他还成了我们初中的校长。

初二时，班主任王老师，是学校西边王大楼村的，他高高的个子，穿着很时尚，头发更是一丝不苟，闪着光亮，他习惯性的动作就是用手掌朝一侧捋他的长头发，很潇洒的样子。他教我们语文，喜欢手趴在讲桌上，身子后倾，他经常用红笔，在我的作文里，用波浪线一行行地画。在晚自习的时候，他让我监督纪律，看谁说话，就记下谁。后来，还有一个教物理的庄老师，有一次给他送班里的作业，他告诉我："你的字写得很漂亮，要坚持下去，会成为自己的风格。"前几年，有些机构举办我的签名售书活动，很多人看到我签的字，就问什么体。我不假思索地说"崔体"，我书写的独特个性，得益于他的教导。

初三时，班主任姓孙，在我们第一次报到上晚自习时，走过来问一些同学，谁以前是班长，大家都指向我，于是，我又一次当了学习班长。他在文学方面很有研究，诗词文化，他如数家珍，我至今还记得他声情并茂地朗读毛泽东的《沁园春·雪》的情景。也许离家远，或者我们是毕业班，他就住在我们教室前面一排教师宿舍里，每当周末，很多学生离校，而我还在教室学习，他就会踱步走过来，不动声响地站在我旁边。当时，我有些诚惶诚恐，想跟他说话，他却又背着手静静离开。

他经常拿我的作文当范文读，我现在还记得他当年朗读我写的《失落的风筝》一文时，沉浸其中的样子，而我，低着头，既激动，又有些羞涩。有一次，他还在我的作文评语里写上了"此文可以投稿"，我想，后来我之所以喜欢写作，也许跟初中教我语文的班主任老师的鼓励有很大的关系。感谢当年，他们有意无意的启蒙，也感谢当年，他们在我人生关键的路口给予的及时指导。

小学六年，大部分老师都是民办老师，老师们，也大都是本村、邻村的，他们一边教书，一边种地，他们就工作生活在我们身边，给我们这些农村的孩子，描绘了天空那美丽的彩虹。而初中三年，大部分老师都是公办的，他们同样，也把宝贵的青春年华献给了我们这些迷茫的农村孩子，给了我们未来腾飞的翅膀，让我们永远铭记心房。

2016 年 6 月 25 日　郑州

记忆中的一抹浅绿

学生时代的友谊宛如朝露，纯净，透明，充满灵动，它又犹如初绽的花朵，散发出最自然、清纯的芬芳，让人经久难忘。

我上初三时，由于分班，又有了一些新面孔，其中就有一位很特别的女生。

后来听同学讲，她是我们学校副校长的女儿，也是初一时，我的班主任的妹妹，可谓是当时学校里的“公主”。但我说她特别，并不是指身份，而是她的装扮。

她留着二十世纪八十年代末很流行的发型，有些微卷，化着很明显的妆：白色的脂粉，红色的唇，虽然个头不高，但在当时女生们大都素颜的年代，她自然会引起大家的注意。而她总喜欢穿一件浅绿色的上衣，就像春天里，那万绿丛中，飞舞的白蝴蝶，靓丽而与众不同。

也许那时，我学习格外刻苦，成绩也好，作文总是在班里被同学传来传去，突然有一天上课前，她带着几本书，直接走到我面前，说“送你几本书看吧，也许对你会有帮助”。

那一刻，我很愕然。我以前从来没有跟她说过一句话，更谈不上有更多的了解。她为什么要这么做?

在当时，集镇上的孩子，通常有些优越感，而有点看不起乡下人。

她是乡镇上的，而我是农村的；她是学校领导的“千金”，而我只是一个除了学习优异，别的方面都并不突出的“穷孩子”。她借我书，是真心帮我吗？

记得，我低着头，只说了一句“谢谢”，“好好看吧，以后还会拿给你”，临走时，她说。我细细端详这几本书，有初三辅导教材，也有哲学等方面的书。我想，这些书，应该是不都属于她的，应该是她家，确切地说，应该还有她父亲的。

那几本书，我在课外都仔细地读了，那时，我的想法只有一个，也许她是受她哥哥——以前很器重我的班主任的委托，来送我看的，我不能辜负人家的好意。

但她的成绩却很平平，她呢，好像也不以为意，照常放学回家，上课时到校，依然经常穿着那件浅绿色的上衣，在教室里，飘忽中来，又飘忽中走。而我们，也并没有因为借给我书而有更多的言语，虽然后来，她又曾借书给我。

那是一个千军万马过独木桥的拼搏的年代。尤其对于农家孩子来说，改变命运的机会只能通过考试，而我们当时，就面临日益紧张的中考。我们拼命学习，每个人都在一堆书后面，埋头苦读，极少有在一起讨论或交流的机会。

她的书，在毕业之前，我终究还了。我向她道了谢，她浅然一笑，“同学之间，互相帮助，没什么”。我发现，她的性格有些豪爽，实际上，还有些男孩子气。但当时，我却连正眼看她的勇气都没有。

中招考试，我全乡第一，虽然报考的师范没有上成，但却被高中录取，从而走进了更高一级的学府，而她，却因考试成绩不理想，名落孙山。

后来，我不知道她有没有留级，初中毕业之后，她又做了什么事情。直到去年，初中的几个男同学一起聚会，聊起当年的很多往事，谈到了她，一个同学说，她初中毕业后，嫁到了邻村，因为婚姻不幸吧，听说，她疯了……

我是很惊诧的，那个原本清朗的女生，怎么会疯呢？她遭遇了什么样的变故？是现实的无奈而理想破灭吗？她经受了什么样的挫折或坎坷？这些，我都不得而知，我所能够牢记在心的，就是当年她对我的真诚帮助，还有那有点男生腔调的声音，那乌黑而有点像玛丽莲·梦露一样的发型，那浅绿的身影以及淡然的笑容。

在我们那个男女授受不亲的年代，男女生是隔着一堵无形的墙的，而她却能无私帮我，我很佩服她的大胆泼辣。但每每想起同学说的她的现状，内心又是格外沉痛。在那个一考定终生的年代，要么升学，上中专或中师，或上高中以后考上大学。从而获得一个通往未来理想生活的“入门证”；要么就是回乡务农，面朝黄土背朝天，日出而作，日落而息，在农村终老一生，这，会不会湮灭了很多人的梦想？

但无论时光如何流逝，我依然会记起，在那诗一样的年华里，在那青涩的年代，那曾经闪耀在我眼帘里的那一抹浅绿，想起，那曾经的纯真友谊……

2016 年 6 月 27 日　广东中山古镇银泉酒店

血浓于水的亲情

伯父，原来是我们村里的会计。

按照当时农村老家里的说法，是“公家人”，因此，也就与一直务农而不识几个字的父亲有了一些距离或隔阂，虽然，伯父家也务农。

从我记事时起，我很少看到伯父与父亲在一起敞开心扉谈过话，有时他俩在路上碰面，也是礼节性地打个招呼。其实，我的父亲很健谈，尤其喜欢跟人逗乐，所以，他俩给我的直观感觉，是不亲，按老家的话说，不像一个娘的。

后来，我还发现一个奇特的现象，父亲喊奶奶，不叫妈或娘，而是叫婶。为此事，我还专门问过父亲，他说奶奶以前找算命先生看过，为了避讳才这样叫的，我有些似懂非懂。

前几年，有一次开车回老家接父亲出去旅游，在回程的路上，问起他们小时候的情况，父亲吐露了他内心里从未说出的秘密：他小时候，爷爷奶奶偏心，送大伯去读私塾，却让他学木匠，白面馒头、好吃的都给伯父吃，却让他吃杂面，甚至三年困难时期，他只能吃到树皮、野菜等混合做成的难以下咽的饭团子。也许，这才是他们兄弟俩深层次不和的原因。

二十世纪八十年代，爷爷奶奶相继过世，伯父也由于年龄以及身体原因，不再当干部，他们兄弟间的关系才有了一些改善。

伯父原来跟我家仅有一墙之隔，后来，堂弟结婚，他们老两口腾出屋子搬到了东场，也就是我们小时候的打麦场，盖了三间房子，住下来，离我家就更远了。

由于我在省城上学，后来又上班，一年里回老家的次数并不多。在我的印象里，每次回去，总能见到在村口跟乡邻说话、打牌的伯父，到家里后，我就抽空去看望他，听些以前村里的人与事，而伯父也总会抽空到我家里。我呢，总是汇报完在外面的境遇之后，给父亲他俩多留一些谈心交流的时间。

伯父有多年的气喘，也常年吃着药，到后来，喘得更加剧烈，从村东头到我家，他拄着马扎子要歇上三次，每次他都说，“人老了，不中了，活不过春节”，而每次我都劝慰他说“精神好着呢，你们兄弟俩多说说话”。其实，那时伯父都已经 80 多岁了。

两年前，母亲病逝，家里就剩下了老父亲，虽然我回老家的次数多了，但依然屈指可数，可每次回去探看伯父、伯母，伯母总是说：“你大伯隔三差五都要去看你父亲，有时看他一整天不出来，你大伯就着急，非要去你家里看看，唯恐他有什么事。”

伯父与父亲的关系，就这样越来越像兄弟，走得越来越近了，我有时自语，是不是时光太有情，让他们在不断的回忆里又有了幼时的兄弟亲近？我不得而知。

去年，伯父病重去世，父亲给我打电话时，声音很苍老，也很苍凉，“你大伯老了，今天走的。”我听出了他话里的悲伤。伯父出殡后，父亲在镇上侄子家好多天都没回去，那段时间他沉闷寡言，家人猜透了他的心思，他之所以不愿回去，是不想看到人去屋空而触景生情，因为他亲哥哥的离世，他内心一定是难过而痛苦的，我理解他。

至此，我才明白，其实，作为一家人，兄弟姐妹也好，叔伯舅姑也罢，在生活当中，无论亲人之间有多大的误会与争执，甚至争吵、冲突，但血浓于水的亲情，一脉相承，这种血缘关系是千山万水都难以阻隔的，所谓打断骨头连着筋，就是此意。这就像伟大的中华民族，虽然我们也有内部的矛盾，但面对外敌、强敌入侵，大家很快就可以团结起来，一致对外，抵御外辱。

建立在血脉基础上的这种情感，可以超越时空，并随着时间的推移，而更加的深厚与流长。

2016 年 3 月 11 日　郑州大学

那年他乡

北国之秋

东北的深秋，也许经历了漫长的严冬，短暂的勃春，干爽的盛夏，而又快速进入秋季，因此，别有一番北国的韵味。

这里一扫北方雾蒙蒙、灰沉沉的景象，给人更多的是一种明丽和开阔。太阳岛上的风，就像跟你捉迷藏，你能感受到她的抚摸，但你却看不到她，而太阳呢，就远远地挂在天的一边，犹如慈祥的母亲，关爱地俯视着大地，给这里的秋季一些最后的温柔。

那块有着古老而神奇传说的太阳石，就在太阳门静静地立着。据说，它是太上老君炼丹时遗留的仙丹，少年的金太祖曾在石头上磨刀励志，成年时，与将领在石头上划灰议事，最后灭辽攻宋。东北抗联将领李兆麟也曾率军在此休息过，并有“火烤胸前暖，风吹背后寒”的说法，让人想起这里当年曾经的金戈铁马与峥嵘岁月。

松花江，应该处于枯水期吧，江岸裸露着河水回落的痕迹，可江水还是充盈的，水也异常清澈，江水在柔和的秋阳里，泛着粼粼的波光。远处，高楼大厦，鳞次栉比，新老城结合，显示着这里的蓬勃与生机。

此时的太阳岛，就像一幅静美的画卷。高大的树木、浓密的灌木丛随处可见。只不过此时，它们即将步入生命的休整期，它们剥离了一季的繁华，迎来生命中静美的时刻。树林里，铺满了厚厚的或黄或枯的落叶，踩上去，你能听到大地的回声，坐下来，可以感受秋的窸窸窣窣，安享梦一般的年华。

秋季，是瑰丽的。漫步秋林，更是一种生命的安闲与恬适。我看到树叶旋转着从头顶飘落，它们在我身边掠过的弧线，是那么的优美，然后，它们又归于沉静，这短短的瞬间，好像完成了整个生命的历程，从萌发、蓬勃、成熟，然后到衰枯，再回归土地，实现一生的使命。也许它们是平凡的，可又给我内心太多的感动。

鸟儿，像风儿一样，它们是自由的，这也许是它们自己的家园吧，只有在自己的天地里，它们才能更好地施展歌喉，唱出最动听的歌，它们在林间快乐地飞翔，在树枝间跳跃，呼朋引伴，以不虚度时光。

天鹅湖里的水，是碧绿的，天鹅畅游其间，它们时而追逐，时而引颈入水，时而远眺，它们在想什么呢？在想即将到来的寒冬吗？还是在回味这片绚烂的秋？松鼠岛上松树的洞穴此时是空着的，小松鼠们是去散步或觅食去了吧，我怎么找不到它的踪影？

木制的栈道，在丛林里蜿蜒，将你引向不同的地方，花卉园里的牡丹已经凋零，只有月季还在绽放着美丽的花朵，只想将最美的瞬间留在隆冬到来之前，留存在人们对秋的记忆里。

位于太阳岛东部的东北抗联纪念园，游人并不多，但这里却记录着中华民族抗战的历史一角。多年前，我曾在冬季到过牡丹江，并受邀参观了当年《林海雪原》等故事的发源地，我实在想象不出，在我穿着厚厚的棉衣还感觉寒风刺骨的情形下，当年杨靖宇领导的抗联将士们是如何克服缺衣少食，冒着被日本鬼子和汉奸围堵和出卖的风险发展、壮大，并有力抗击日军侵略的，每每想起这些伟大的抗日英雄们，我总是肃然起敬，他们，才是中华民族的脊梁。

黑土地，孕育了东北人民坚强的性格，绵延不绝的大小兴安岭，流淌着黑龙江、松花江、牡丹江、嫩江、辽河……蕴藏着中华民族不息的奋斗精神，这种民族精神是振兴中华的不竭动力，也是民族复兴的坚强基石。

雄哉，壮丽的祖国河山，伟哉，浩瀚的民族之魂，勤劳、英勇的中华民族一定会奋发图强，永远鼎立于世界民族之林！

2015年10月20日　哈尔滨太阳岛风景区

嗨，美丽的沙洲公园

清晨，当第一缕晨曦，透过薄薄的窗纱，轻柔地洒进房间，我知道，美好的一天开始了。

我快速地走下楼，迫不及待地沐浴在阳光里，内心充满了欣喜。是的，我与早晨有个约会，我要赴约。

古称沙洲的张家港，才来两天，但我的感觉就像故地重游，没有一点点生疏感，我欢快地走在大街上，好奇地看着这个洁净而美丽的新兴城市，看着她新的一天，就像久未重逢的老友，亲近而自然。

此时的太阳，就像刚从大海里欢跳着出来的新生婴儿，急不可待而顽皮地扑向你的怀抱，而我也惊喜地张开双臂，对，拥抱她，拥抱我心中的那缕温暖。

沙洲公园，应该是美丽的张家港人文的栖息地。

公园里，有很多参天的古树，见证着张家港的土著；绽露过芳华的白玉兰婷婷地立着，似在孕育下一次的绚烂；一种名叫一串红的花，一簇簇，开得红艳；而满树都是粉黄花蕊的丹桂，旺盛地生长着，浓郁的甜香让你禁不住地想走近她，观赏她，轻嗅她。

沙洲书院，闪耀着这里曾经的文化身影，蕴藏着长江边这个现代城市曾经的过往。竹园里的竹子，或粗或细，或弯或直，它们在晨风里微微颤动，发出沙沙的声响，似在细语，又似在唱一首美妙的清晨之歌。

草坪上的秋露，正眨着亮晶晶的眼睛，在富有生机的晨光里，发出璀璨的光芒。而这里，依然没有凉意，假山上的流瀑，水花飞溅，晨练的人，或跑步、或舞剑、或舞蹈，他们展示着这座城市持久的活力。

公园里，有内刻“鉴真东航”的石舫，有《西游记》作者施耐庵雕像，靠近河边，还有“沧江八景”的浮雕以及碑林长廊，它们在秋日的祥和里，散发着古老的气息，让人沉思与回味。

一旁的东横河依旧在静静流淌，桥上的车流与人往，给这座城市带来了现代感，而洁净的道路，生机勃勃的各种花草树木，不经意抬头而见的蓝天与白云，让人有一种惬意的美感。

李叔同说：“人生犹似西山日，富贵终如草上霜。”是啊，每天睁开眼睛，能看到这么多新鲜而充满生命力的景致，多么让人感叹与欢愉啊。

东晋诗人陶渊明在《形影神赠答诗》中也说：“纵浪大化中，不喜亦不惧，应尽便须尽，无复独多虑。”这是一种何等洒脱的人生态度。

其实，每天能够看到日出日落，经历四季的风风雨雨，无论大喜还是大悲，都是人生的一种历练，它们丰盈了我们的生命旅程，让忙碌的人生变得丰富多彩。

感谢晨曦，感谢沙洲，让我看到生命历程如此的美好！

2015 年 10 月 11 日　张家港沙洲公园

此去经年，遥寄无期

深秋的长江，刚刚下了一点小雨。灰沉沉的天空下，轮船在岸边静静地停泊。

踏上双山岛，这个能看到远处香山塔顶，处于江心的岛屿，放眼茫茫江水，滔滔东去，一种发自心底的苍凉感便涌上心头。

岛上高高的银杏树，挂满了细小金黄的叶子，一阵风吹来，叶片随风起舞，有的飘落到地上，翕动着，似在向树上张望。岛上的田地，有的已经整平，一片片新翻出的泥土，在等待着又一季的希望。可也有未收割的稻田，金灿灿的一片，好像能把天空染黄。

素洁的针叶松，一排排，在延伸的石板小径旁直立着，它们是在思考什么吧？是在想春去秋来又一冬吗？树上的松子，应该是小松鼠的最爱吧，可它又在哪里呢？松子落在地上，是不是又在孕育新的梦想？

双山岛里，分布着一些或大或小的湖泊，它们在寂寞无人里滋养着生命。我看到了水里欢快的鱼群，忽地掠过湖面并发出一声鸣响的水鸟，还有树林里啾啾鸣叫的伙伴，我急忙穿过树荫，去找寻它们，可它们却一下子飞远，空留树下痴痴张望的人。

湖边的芦苇，应该是湖泊的睫毛吧，那一汪汪碧水，犹如明亮的眸子，它们的眼中一定是柔美的。你看，湖里映出垂柳曼妙的舞姿，还有刚刚露出的秋阳的波光，它的眼眸里一定是深邃的，你一点都看不透它内心的世界。

湖岸上，稀疏地长着几株苍翠的棉花，高大的棉株，绽放着洁白的花絮，还有掩映在碧绿叶子里挂在枝上的青青棉桃，让我骤然想起，小时候清忙假去地里采摘棉花的往事，让我想起我的乡土……

稍显枯竭的芦苇，在江岸湿地里密密麻麻地生长着，一簇簇灰白的芦花，仰着头，在风里摇摆。芦竹，是这里的美男子吧，依然保持着旺盛的生命力，它们托举着苍翠的颜色，在迎接着我的到来，我甚至想到小时候小河里的芦苇棒，秋季摘下来，点燃了，可以驱蚊，那袅袅的烟雾和香味，至今都在我的脑海里留存。

仰望天空，雨后的彩虹，怎么还没出现？空阔的双山岛啊，哪里又是我故土的影子？我眺望远处江面，船只飘忽中来，又飘忽中走，犹如这飘忽不定的秋。

我想，此时，我的心一定是愁苦的，不然，为何我的双眼总噙满泪水，我知道，很多事情如这翻滚的江水，一去再也不复返了，空留斯人无奈的一声叹息和惆怅。

此去经年，遥寄无期。不知何时，我还能再来美丽的双山岛，再看一眼这美轮美奂的秋色，在空蒙的秋日，寻觅“浮云游子意，落日故人情”的诗意，唉，就让它留在梦中吧。

2015 年 11 月 2 日　张家港长江双山岛风景区

时光，漫流

生命的漂泊，有时总是以绚烂的色彩呈现。

我总会在忙碌的旅程，擦亮疲惫的双眼，欣赏身边的新奇，让流动的时光滋养我生命的底色。

在韵美的秋季，在张家港盎然的绿意里，我趟过城市繁杂的脚步，来到这古朴的凤凰古镇，在玫瑰的夜色里，感受江南的闲适。

恬庄的夜晚是安静的，通往庄里的青石板，闪着幽暗的光，踩在上面，甚至能听到小巷里的回声，我仿佛听到另一个自己在寂寥的夜空，陪着我继续前行的路。

也许是晚上，店铺大都是关了门的，偶尔看到灯光，走近了，从窗里能看到屋里人劳作的身影，她们在光环里，而我却是在窗外。

我从来没有见过这么纯美的古弄，尤其是小巷两旁房檐挂着的大红灯笼，它们在夜风里轻轻摇曳，一串串，红彤彤的景象让人想起家乡的年节来，温暖的感觉，一下子溢满心间。

就在这小巷里漫步吧，哪怕不说话或自语，我也能感受这里的浓浓江南风情。其实，我喜欢带着另一个自己，徜徉在这悠长的小巷，让内心对话，感受彼此的契合，应该是一种美妙的甜蜜吧。我甚至想起诗人戴望舒的《雨巷》：“撑着油纸伞/独自/彷徨在悠长/悠长/又寂寥的雨巷/我希望逢着/一个丁香一样的/结着愁怨的姑娘/她是有/丁香一样的颜色/丁香一样的芬芳/丁香一样的忧愁/在雨中哀怨/哀怨又彷徨……”可那个丁香姑娘呢?

我尽量放慢脚步，再慢点，我实在不忍惊扰这里的清静。这里的人是有福气的，氤氲着秋天的成熟，还能静享夜晚迷人的时光。

屋后的小桥流水，断然是少不了的。晕黄的灯光，总让人沉醉而有些怀乡。小河里的水，依然是清亮的吧，灯光落在水面，影影绰绰，让人如在梦里。

站在泛白的石拱桥，遥望着远方苍茫的暮色，我内心如水，看看自己，又闭上眼睛，秋风，从我耳边吹过，我感受到了内心的自己，其实，我很想抱抱自己，就在这柔美的夜色里。

小巷深处，隐藏着古典，“采芝斋”“绿竹翁”“榜眼府”“杨孝子祠”，它们在夜光里沉默着，让人想起曾经的过往。

我轻轻走过一家叫“慢堂寻茶”的茶社，还没有打烊，茶社里也许客人并不多，跑堂的有些慵懒地趴在桌子上，时钟嘀嗒嘀嗒地响着，仿佛整个世界都浓缩在了这里。

不远处，是一座建于东吴赤乌年间，迄今已有1500年历史的永庆寺。杜牧有诗句“南朝四百八十寺，多少楼台烟雨中”，它就是其中之一。唐天宝十二年，高僧鉴真最后一次东渡日本，行前曾应邀参礼此寺，此刻，永庆寺在明亮的灯光里肃立着，让人充满无限的遐想。

我的脚步依然轻柔，从夜空倾泻而下的如水月华，照在一旁不远处的水泥路上，我看到了从庄稼里割下来晾晒的豆棵，我还闻到了远处浓郁的桂花香气，它们弥散在广袤的天地里，让人沉迷而不思归。

作为行者，面对未来不可知的生命历程，我总想邂逅一些感动或美好，它会为晦涩的生命增添一抹亮色，从而让我抖落身上的风尘，去寻一个最真实、最亲密的自己。

2015年10月10日　张家港凤凰古镇

时光，守望

夜幕降临，我漫步神农湖畔，披一袭秋凉。

我已记不得有多少个这样的日子或夜晚了，我总喜欢在繁忙的旅途中，寻一个异乡的或山，或水，或丛林，或花草，慢慢咀嚼他乡。

这个秋季，我莫名地喜欢，也许是频繁的迁徙开阔了我的视野，给了我更多启发与思考的空间，也许是这个秋天我经常跨越不同的季节，给了我更多的体验与感受，让我内心充满欣喜。于是，我总是小心地呵护，让美好留存心底，哪怕有一丝丝的彷徨。

南国深秋的夜晚，与北方的清冷不同，她表现出来的依然是热烈与浪漫。远处的音乐喷泉，在跌宕起伏里浅吟低唱，一旁高大建筑五颜六色的灯光，迤逦地映照在波澜不惊的湖面上，绚烂而迷茫，而岸上呢，婆娑的树影，向暖的光亮，让整个神农湖充满幻想。

我踯躅在湖边，深深呼吸这里青草的气息，看旖旎的湖光山色在黑夜里真实地呈现，风从耳鬓掠过，是那么的柔和。夜空里，我看到那弯在云彩里穿梭的明月，还有那灿烂的星河陪伴在身旁，我能感受到自己的心跳，我的思维应是凝滞的，任由夜光流淌在我的身上。

我穿过丛林与草地，一旁广播里传来王洛宾《在那遥远的地方》，它是那么的熟悉，可又是那么的陌生，时光太匆匆了。我在想，当时作为情歌王子的他，一定是喜欢三毛的，在《等待——寄给死者的恋歌》里，他写道"你曾在橄榄树下等待再等待/我却在遥远的地方徘徊再徘徊/人生本是一场迷藏的梦/切莫对我责怪……"这是他给三毛也是自己的最后一首情歌，他内心一定是痛苦挣扎的，可他的歌声太过苍凉。

今晚的灯光太迷人了，苍穹之下金碧辉煌，我的思想此刻突然活跃起来。湖边的芦苇丛，在灯光里摇曳感伤，踩在木栈桥上的脚步声，总是那么沉闷地回响，作为远古文明的炎黄部落此刻又在哪里呢？玉兰花一定是在白鹭洲的梦里沉睡吧，听涛台也一定是湖水自我吟唱的天堂……

站在高高的湖岸上，我平静如水。远方凝望，灯火依旧辉煌，那泛着波纹的湖面闪烁着沉醉的光芒，我听到来自内心的召唤，是那么的遥远，又是那么的溢满心房。

夜色渐浓，空气里氤氲的水汽，弄潮了我的衣裳，我起身回返，又四处张望。我是担心，这美妙的夜色会让我错把他乡当故乡。

岁月如歌，我喜欢在歌声里行走；时光如梭，我喜欢在时光里凝望。这是一个喧嚣的社会，亦是一个迷离的社会，在这样一个容易迷失的年代，我想觅一方心灵的净土，留一半清醒给自己，只为还能够保持悲天悯人的情怀，让一颗奋发向上的心静静守望。

2015 年 11 月 3 日　湖南株洲神农湖畔

攀援的意义

傍晚，我只身一人来到白云山脚下。

虽是初秋，但满眼的青翠依然充满生机与活力。此时，已是下午六点多，可光线还好，向远处看，白色的石阶蜿蜒地伸向前方黛青色的山林。

这座山并不高，也不陡峭，途中，山上时而稀稀落落地走下来一些行人，然而，我却向上走，这多少让我显得有些不同。其实，在大家都下山的时候，我能够向上，甚至独享一座山的寂寞，不也是一件很好的事情吗？

越往上走，越感到这座山的幽深。右侧是不可测的山谷，高大的树木遮挡了光线，透过树叶的缝隙，能看到山下显得有些低矮的建筑群，让人感受身在高处的欣喜。

可丛林是茂密的。越向里走，越显得孤单。这座山也许并不雄伟和辽阔，但身处其中内心却有些惶恐不安，山里有没有野兽？比如，狼、蛇。我会不会迷路？爬到山顶到底需要多久？我心里没底。

能够消除恐惧的，也许就是前行。我迈开脚步，大步流星地继续往前走。

我听到了山林里的鸟叫，它们自然地歌唱，没有任何的拘束，跟我也不陌生，好像这里原本就是它们的天地，表现得异常快活。而我也听到了身旁树丛里窸窸窣窣寒蛩的鸣叫，它们有些声嘶力竭，但也格外嘹亮，它们忘我的投入让人心生怜悯。

山路崎岖，攀登的我大汗淋漓，我已经感觉到衬衣贴在了后背上，从山谷里吹来的风也是潮湿的，昏暗的灯光在山谷里显得渺茫而微弱。

天完全黑下来。我依然在前行，我总感觉山顶就在不远处的地方，可是，转过一道道山路，你却仍然看不到它。

在一个指示牌前，我停下脚步，向山下望去，点亮的万家灯火辉煌而灿烂。山林，愈加静寂，我屏息静气，仰望星空，问自己，我到底身在何处？现在距离山顶还有多远？下山又需要多少时间？我依然不得而知。

我需要继续前行。彷徨和迷茫，都是没用的。山路弯弯，前途漫漫，由于连续出汗，我口干舌燥，“快到山顶了，加油，坚持”，我给自己一再鼓劲，而此刻，我的双腿像灌了铅，“我能放弃吗?”我问自己，可随即我又摇了摇头，放弃，根本就不是我的风格。

不知过了多久，在夜影婆娑里，我浑身湿透地到达了山顶。山顶的灯光很明亮，甚至璀璨，像在迎接我的到来，我深深地呼吸，让山风自由地掠过我的耳鬓。抬头，我看到闪亮的星星，它们距离我这么近，似在与我私语。

我为什么要攀援？在这寂静的山林，我问自己，一个声音隐隐地告诉我：去寻回自己，超越自己。今天的我，已不是昨天的我，我是不是还像以前那般沉静？现在还有没有一些心浮气躁？我能否超越昨天的自己？

“只在此山中，云深不知处。”也许，只有不断地反省和检讨自己，才能不迷失自己，才能保持独立自我，顶天立地，堂堂正正，做到人生无憾无悔。

2015 年 9 月 16 日　广州白云山风景区

一湖冬雨

霏霏细雨中，江南冬的黄昏，充满诗意，雨蒙蒙，雾蒙蒙。

也许是阴雨绵绵，空气里湿漉漉的，湘江里浩荡的水雄浑而开阔，岸边淋着雨的杨柳，披着青中带黄的衣衫，在凛凛的风里摇摆。

江南的冬天，犹如梅雨的天气，捉摸不定，但它依然如春夏一般葱郁一片。也许是下班的高峰期吧，此刻的马路上车辆较为密集，闪烁的尾灯，在风雨里亮起又熄灭，轰鸣的马达仅仅是在瞬间响起，又忽地在雨中消失，留下一阵紧密的雨打地皮的声音。

一隅的栗雨湖，就在雨中静默着，迎接着远方的我，让我迫不及待地下车，来到它的面前。湖水，依旧是清的，但在时而淅沥时而急骤的雨中，我却看不透它，我踏过青石板，缓缓地走近它，欣赏它。

湖畔的木栈桥，在雨中有些湿滑，但它伸向湖里，走在上面，你犹如浮在湖面。一旁的荷花池，已不见青翠与嫣红，有的只是直立的枯枝与干瘪的叶子，但它们却是连成一片的，犹如水下淤泥里的莲藕，即使断了，丝也会连在一起。

水杉，是这里成熟的地标吧，它们在湖水里，站成一排排，它们是匀称的，棵棵挺拔，它们围绕在湖岸，犹如利剑出鞘，守卫着这里的安宁。一年年，它们迎来晨曦，送走晚霞，迎风送雨，站成一世的永恒。

如线的冬雨，密密地交织着，落在湖面上，溅起点点的水花。湖心，应该是深幽的，将雨丝纳入怀中，而又波澜不惊。湖面上，凝结着薄薄的雾气，有些氤氲，有些空蒙，时光，就在这如画的景色里流连。

水鸟，应该是蒙蒙细雨湖水中的生灵吧，但它们是怕了我的，不然，为何一见我的到来，一下子又在湖面上扇着翅膀飞远？可我又是怜惜它们的，在雨中，它们会不会湿了翅膀，而再也飞不起来？

湖岸上的路灯，不知何时开始慢慢点亮，远处五彩的霓虹灯映在镜子一般的湖面上，让湖水变得色彩斑斓而格外迷人。湖岸，依旧是沉静的，只有雨滴打在树叶上，沙沙作响。地面，依旧泛着清亮的水光，整个天地都沉浸在一片茫茫的雨的世界里。

而此时，整个湖畔寂寞无声，好像只有我自己。

我就这样留恋着江南，着迷于这里的山与水，花与草，秋天与冬天，艳阳与雨季，寻找着生命里的匆忙与美好，我想让这无边的雨丝，沉入我的心底，让这一湖的冬雨，渗入我的骨髓，让这份纯美的记忆永存心间。

2015 年 12 月 13 日　湖南株洲栗雨湖畔

一束花的馨香

在全国各地演讲，一下飞机或火车，经常收到主办方送来的花束。

而我呢，也总是抱在怀里，犹如邂逅久别重逢的亲人，在这份友好而热烈的氛围里，让心陡然增添些许感动。

我总是满心欢喜地看着这些花，它们经过精心包装，一簇簇或一团团，或白或红，或紫或粉，它们在我的怀抱里争奇斗艳。

这些还滴着雨露的花，大都是些时令的花，它们此刻苍翠而富有生机，散发着淡淡的清香，尤其是那些绽放的洁白的百合花，散发出的芬芳，沁人心脾，让人陶醉。

这些花，到了房间，我往往会把它们细心地摆放在房间显要的位置，或朝着窗口，或向阳的方向，每晚休息，或每早起来，我都禁不住走过去，细细端详，或重新捧起来，嗅一嗅，轻轻地放下。有时，如果演讲时间短，比如当天结束，我会把它们细心地包好，我实在不忍堪折了它们，带回家；而如果时间长，我则忧心忡忡而有些难过地看着它们一天天地枯萎，直到有一天我怅然地离开。

北宋诗人秦观在《春日》里吟道：“有情芍药含春泪，无力蔷薇卧晓枝。”这些花，都是有生命的，它们脱离母体，从四面八方汇集来，陪伴我，把我当成它们的伙伴，在寂寞的夜里，在朦胧的清晨，伴我入眠，或与我对视，或唤醒我，或谈心，或欢笑，让我感叹生命、生活的美好，而它们则陨落在尘世里。

一树一菩提，一花一世界。这些花草，都是生命中的精灵，对待花草的态度，也许就是对待生命，对待自己的态度。这些花草，也许并不代表什么，但总让我时时想起善良的人性，想到这个世间，还有那么多的绚烂与亮丽。

2015 年 6 月 28 日　沂蒙山养心园

早安，沂蒙山

清晨，我拉开落地窗，苍翠的群山便映入眼帘。

不远处，依山建起的阁楼错落有致，而正对我窗口的位置，则是一湖碧水，四周是依依杨柳，湖中心还有红色的亭子。

我分明听到了窗外鸟儿的鸣唱，还有山涧溪水的声音，那一定是对我的召唤吧！如此美好的风光，我怎能无动于衷呢？

我轻轻推开门，一道霞光正射过来，洒在我的身上，有些暖。此刻，群山还没有睡醒吧，不然，山谷里为何有些沉寂？

我缓缓走下石阶，迎着微微的山风，循着山路，漫步前行。

沂蒙山的清晨，是美丽的。山里的空气格外清新，我迎着阳光，在青山环抱里深深地呼吸。空气里，有一些花香的味道，我看到山路旁青青的草，绽放的野花，山坡上栽种的黄瓜、茄子、辣椒、西红柿……这里也有一些果树的，透红的石榴、青果般大小的山楂、染霜的一串串青青的葡萄，还有隐藏在绿树叶里圆圆的小核桃……

山路上，偶尔会碰到早起晨练的学员，他们热情地跟我打着招呼，顺便择一角度，跟我合影留念，他们的眼神里透着淳朴、渴望，让人感叹革命老区沂蒙山不仅是富饶的，而且还有着勤劳、上进的沂蒙人，他们在市场经济的大潮里纵横捭阖，精于学习，勇于探索，孜孜以求地打造着新兴商贸城……

我走上一个山峰的顶端，眺望着太阳升起的地方，看着连绵起伏的山，感叹这片神奇的土地。

沂蒙山历史悠久，文化厚重，这里曾是东夷文明的发源地，汉武帝曾亲临沂山祭祀，祈求祥瑞。这里更是钟灵毓秀，人杰地灵。清康熙皇帝御题“灵气所钟”，乾隆皇帝巡游山东，留下诗篇“鲁南古城秀，琅琊名士多”。这里孕育了智圣诸葛亮、书圣王羲之、算圣刘洪、一代名相王导、著名书法家颜真卿、著名文学评论家《文心雕龙》作者刘勰……

即使是近现代，这里仍然英雄辈出，有与日本侵略者血战到底的“全国抗日楷模村”渊子崖，用乳汁救伤员的“沂蒙红嫂”，支前模范“沂蒙六姐妹”等，这片热土辉映着中华魂魄，可泣可歌……

太阳越过山峰，已经高高地升上来了，万丈霞光，普照着层峦叠嶂，发出瑰丽而迷人的光芒，飞翔鸟儿的歌喉越发的响亮，我感叹晨间的生机与灵动，沉醉于青山绿水，心弦浮动。

中国的经济，多像这早上初升的太阳，虽遭遇重重阻隔，但却充满活力，犹如百折不挠的中华儿女，在跨世纪的经济浪潮里，正迎来新一波的发展机遇。虽有艰险，但中华儿女当以大无畏的民族精神，昂首阔步在新的经济发展历程里……

早安，我心中的沂蒙山！

2015 年 6 月 28 日　沂蒙山国家森林公园百泉峪

云水谣与乡土

云水谣，是一个很美的地方。

它地处福建南靖县，离县城有 50 余公里，也许是偏守闽南一隅，与外界有了天然的隔绝，这里就有了稀世少有的风光。

云水谣周围有山，青黛色的山脊，犹如静卧的巨龙。这里的天空是蓝的，云就飘浮在山头，天底下则是纵横的阡陌。

农耕文明依然在这里主导，放眼望去，虽是冬季，但田地里却种植着各种水果与蔬菜，青青的百香果正挂在架起的藤蔓上张望，冬枣也在翠绿的叶子里闪着橙色的光，不远处的甘蔗林也已成熟，叶子就像长剑一样。

这个原名长教的地方，以土楼著称，有吊脚楼、竹竿楼、府第式土楼等，土楼风景独具，而以和贵楼和怀远楼最为著名。为什么要建成土楼呢？我想应该是因为这里的主人简氏，来自中原河南，为了躲避战乱，或是因朝代更替，迁徙到这里。黄河两岸的北方人，喜筑土屋，它冬暖夏凉，想必土楼也是这个原因。

和贵楼地处梅林镇珍山村，取“以和为贵”之意，由简次屏公建于清雍正十年（1732 年），神奇的是，它是建在沼泽地上的，在土楼天井的空地上，有节奏地蹦几下，鹅卵石就会涟漪般的颤动，令人称奇。

和贵楼天井，有两口水井，一口清澈，可看到里面有鱼儿在游（可防水里有人下毒），可饮用；另一口则浑浊不堪，这可能是在沼泽地打井时不同的构造所形成的。这些土楼大都时间久远，和贵楼已有 200 多年的历史，但现在还住着人，让人不得不感叹中华建筑艺术的伟大与神奇。

和贵楼是四方的，而怀远楼则是双环圆土楼，寓意是怀念远方的亲人，告诫子孙后代胸怀大志，更上层楼，它始建于清代 1905 年，为简氏十六世简新喜所建。怀远楼最值得观赏的，是抬梁式五凤楼“诗礼堂”的“斯是室”，两边柱子上的对联很有意思，上联是“斯堂讵为游观计敦书开耳目”，下联是“是室何嫌隘惟思尚德课儿孙”；在上厅，又有对联“书为天下英雄胆，善是人间富贵根”“世间善事忠和孝，天下良谋读与耕”。在外门楼，也有一副联“读书教子绍谋远，礼让传家衍庆长”，横批是“诗礼堂”，体现了中华儒家文化的核心内涵，证明简氏家族，确实来自北方中原。

土楼为什么是方和圆？它应该来源于汉族文化“天圆地方”的阴阳学说，或推演于先天八卦，天是主，地是次，天为阳，地为阴。两者相互感应，遂成天地万物。另外，圆形建筑还有一个好处，那就是采光好，没有死角。

纵横其间的云水谣古栈道是由清一色的鹅卵石铺成的，有十余公里长，分布着十三棵百年、千年古榕，其中一棵最古老的榕树，树冠覆盖近2千平方米，树丫长达30多米，树干底端需十几人才能合抱。榕树是这里独特的景观，长长的须见证着时光的匆匆，年华的流逝。

水车，也算是云水谣风景组合的一个亮点部分，有些古老而不知年代的水车立在水岸，墨色的身影倒映在河水里，衬托着岸上曾经和现在的繁华——百年老街，各色酒吧、茶楼、农庄、旅社、店铺……这里曾是爱情片《云水谣》等电影的拍摄取景地。

漫长的溪流哗哗地流淌着，到了下游，它们漫过岩石，汇成了小河，河道上竖着圆圆的石墩，一直到对岸，可供游人一步步踩着走过去。这里也有横跨两岸的石桥，站在石桥上顺着河流眺望，可以看到清亮的河水里闪烁着的银光，以及远处日渐苍茫的山，天地之间一派祥和的气象。

从怀远楼返回景区出发地的路上，下午两三点，但却看到在明媚的阳光下，月亮竟然挂在天空，此时此刻，日月同辉，让人浮想联翩。

云水谣古镇，也是漳州有名的侨乡。简氏人从第四世（明宣德年间）至十六世，陆续外迁，他们到南洋的缅甸、新加坡、印尼、泰国，及中国台湾、香港等地谋生、发展，每年都有很多后裔不远千里，回故乡寻根谒祖。只为，他们是炎黄子孙；只为，人终归要“叶落归根”；只为，他们共有一个家，那就是祖国。

云水谣一日，深感中华民族文化博大精深以及源远流长，一部云水谣的历史。其实是一部中国乡土历史，一部乡土辗转回归的历史。无论是以前的闯关东，还是下南洋，这种浓重的乡土文化都深深植根于华夏儿女的血脉，无论何时、何地，他们都将故乡的文明，悬系在心头，一代代相传，生生不息。

2015 年 12 月 19 日　福建漳州南靖县云水谣

那年他乡

多少次，我还没来得及收拾一下行装，就又匆匆地奔向下一场。我喜欢隔着车窗看来来去去的身影，看不同的颜色，不同的建筑，看暮霭在郊野缓缓升起，看春夏秋冬飞驰在路旁。

我总珍惜这来去匆匆的时光，虽然，前行的路上，我也曾有迷茫。可脚步可以消除我的畏惧，远方的目标则给我无尽前行的力量。

我一次次迎来路灯的昏黄，还有头顶那星星闪烁的亮光。露水，有时打湿我的眼眸，可我也知道，月儿漂移，晨曦就将在东方点亮。

我早已习惯漂泊在异乡，哪怕把酸甜苦辣品尝，那都是我人生华美的历程，只为岁月不虚度，只为生命可以燃烧，亦可以创造辉煌。

生命可以低沉，但不能悲凉。一如我行走在他乡，哪怕脚步有些踉跄。我也经常沉思，夜深人静，为何脑海总浮起家乡的模样？那是一种怀乡的记忆吧，徜徉在心头，镌刻在心上。

从南到北，从东到西，迎来风雨，亦沐浴着暖阳，我聆听着他乡的故事，在不变的心境里，始终让心头那束不败的花儿绚烂绽放。

我珍爱旅途中那抹生命的绿，它们如影随形，变幻着不同的模样，可它也是我生命里的感动呵，让我漫漫的旅程有了寄托和幻想。

其实，我的生命里，早已没有忧伤，寻梦，总需要去流浪，那是一次次的憧憬呵，即使披荆斩棘，也斗志昂扬。

2015 年 12 月 5 日　江苏溧阳

乡野与田园

我想，我是属于乡野与田园的，它应是我精神上的归宿。

不然，为何我每次打开窗户，看到远处连绵的小山和宁静的乡野，总是满怀激动，而渴望扑入她的怀抱呢？

我喜欢这有蓝天的日子，这适合出行。出了酒店，左转，便是通往乡野崎岖的小路。这里应该属于喧嚣尘世中的净土，与几公里外的繁华工业区不同，这里应该是少有人来。

山脚下，静悄悄的，一只拴着的狗听到我的脚步声，忙不迭地叫起来，让田间小径显得更加寂寥。倒是不知名的小草，在这潮湿的雨季蓬勃地生长，它打湿了我的鞋袜，让我有一种赤脚般的亲切感。

这是一个三面环山，而中间是盆地或山谷的地方，两边零散地分布着几所农舍，门口的老太太正戴着老花眼镜，认真地侍弄箩筐里茶叶一样的东西。他们与田园有着天然的相近，也许压根儿就是田园的一部分。

在园子的入口，是搭了藤架的丝瓜或南瓜，正开着黄色的硕大花朵，它们好像有些张扬，不甘寂寞地在绿叶丛中恣意绽放，而一旁的豆角叶子呢，有点像短剑，顺着细长的木棍，一圈圈、螺旋式地攀爬，它应该还在做着一个未醒的梦。

一畦畦的韭菜，青翠欲滴，旁边应该是刚被割了一茬儿，矮矮的，正在努力补齐。一垄垄的红薯，青色的秧子几乎遮盖了地皮，很多叶子上都有虫噬的斑驳小洞，想来，那些青虫也是幸福的。

花生，应该是这里的贵族吧，它们植根于松软的黄土，沾着雨露，不管不顾地生长，竹竿上爬满了四季豆，它的花苞是鲜嫩而淡黄色的，白而颀长的角，从杆子的顶端到地面，很有层次地悬挂着，它们从叶子里裸露出来，似在寻觅阳光，又似在展示自己的丰硕。

一条灌溉用的水渠，正淙淙地流着，可以看到清亮的水，似在唱着田间的歌。渠旁栽种的两行茄子，茄叶有点像小小的芭蕉扇，叶片的纹路非常清晰，颜色也跟枝条的颜色一致，呈现深褐色，而它的花白中透紫，跟深绿色的叶子形成鲜明对照，又仿佛描了浓浓的眉。

也许是小雨初晴，泥土散发出沁人心脾的、乡间才有的芳香，沿着有些湿滑的小路向上，就可以看到山顶上的一湖碧水了，这是一座叫深垅的水库，面积并不算大，但也许是在山里，湖面很清幽。远处是雾岚缥缈的山头，而水库就像藏在山里面的一面镜子，在蓝天下泛着微微而碧绿的波纹。而在远处，错落有致的农舍隐隐露出白色的屋顶。

这应是我未来理想的王国了吧，我站在堤坝上，迎着山野吹来的风，看山下农田里几个戴着草帽的农人，肩膀上搭着毛巾，在挥汗耕作，我回想到问路时，他们古铜色的脸膛沁出的汗滴，他们是清瘦的，脸上有着岁月的刻痕，他们又是沉默不语而深奥的，淳朴里有着水一般坦然的神情。其实，他们，才是这里的主人，头顶着蓝天，脚踏着大地，日复一日，在山野萌发、成长、成熟、沉寂，他们与自然同在，让心灵回归。

下山时，我看到田园里飞舞着的白蝴蝶，它们在我身边毫不陌生地回旋，久久不愿离开，而我也是一样的心情吧，在我愉悦的内心，我总洋溢着自然归来的满足。

我喜欢在乡野的风里流连，我喜欢听乡间俚语，我喜欢看田园里绿的叶，红的花，青的果，我喜欢嗅着青草与庄稼的气息，领略无边的星月，并融入我的梦里。

2016 年 5 月 25 日　福建泉州南安市仑苍镇深垅水库

荷塘清韵

在他乡的意外邂逅，是不是一种美丽的期许？

仰望天边，那洁白的浮云，是不是一种流动的无意？

那满池喷薄而出的荷叶，是不是一种来自远方深情的召唤，吸引我来观赏，并痴迷其间？

想必，荷花是爱美而不甘寂寞的。

娇柔的荷花，应该是涂了胭脂的吧，不然，为何绽开的粉红花瓣，总是那么轮廓分明而楚楚动人？

她是不是每天清晨起来，都要照一照镜子？碧玉一般的湖水，就是她的镜面，初升的阳光，印红了白玉一般晶莹剔透的心。

我想，这一池夏荷，也是欢迎我的，不然，为何我深处其中，满池的荷叶轻轻摇曳，似在向我致意？

而我，是喜欢荷塘的，喜欢那一池碧水，她孕育了情丝不断的莲藕，又催发了莲叶、莲花与莲蓬。

荷叶，是青翠的，从浮在水面的轻小，到如今擎起如华盖，它们密密麻麻，既互相独立，站立如伟男，又互相依靠，似铜墙铁壁，共同织起这天地碧绿的眼眸。

荷苞，想必也是娇羞的吧，在下午灿烂的阳光里静静地等待，等待着有心人、有情人的到来，可她到来了吗？

是花，总要舒展自己的。花期的短暂，总让人格外的怜惜，可她，默默散发悠远的清香，只为伊人来，只为伊人开。

我站在荷池中心，荷亭并没有阻隔我与她们的交流，我已经感受到她们沉静的呼吸，听到她们的窃窃私语了，她们在莲叶间打着趣，全然不顾一旁的我。我突然记起，她们是荷花仙子了，她们是有歌声的吧，风从荷塘一角吹来，我听到她们轻柔的嗓音了。

莲蓬，应该是荷花的好姊妹，当金色的花蕊褪尽，荷花就以另一种形式存在了。她依然亭亭玉立，清新脱俗，在接天莲叶的海洋里，静静生长，等人来采。

也许是雨后吧，清新的空气里，弥漫着荷花的清香，水珠在荷叶上跳跃，出淤泥而不染的荷花娇翠欲滴，这也许是夏日火热的希望。

荷花，是脱俗的。她独守着自己的一方天地，雨水，冲刷了她们凡世的尘埃，清风，跃动着她们自由的情绪。

荷塘清韵，让我在簇拥的荷叶里沉醉，我愿枕着这一方荷香入睡，如在遥远的乡里与梦里。

2016 年 6 月 28 日　中山古镇公园荷池

生命的浅唱低吟

生命，当如夏花般绚烂。

或沉静，或奔放，或零落，或繁华。岁月，是时光流逝的积淀，生命，是淙淙河流中，那一朵璀璨的花。

生命之花，是美丽的。无论赋予什么样的色彩，红也好，绿也罢，都是自然地呈现，不必做作，只管尽情绽放。

生命的姿态，都是上天最好的安排。

昙花，是灿烂的，可却极为短暂，玫瑰虽美，可却不堪折，菊花千姿百态，但却盛开在寂寥的深秋。再美的生命，都有缺憾，而再不起眼的花朵，都是自己最美的释放。

不必羡慕别人的华丽。生命有得的同时，一定会有所失，在仰望别人的同时，千万不要忘了端详自己。他人的生命之树固然高大，可别忘了，你也是芸芸众生中，那最独特的灵动生命。

生命，当浅唱低吟。

无论歌喉是否饱满与婉转，生命之歌，都是最美的天籁之音。

或高亢，或低沉；或稚嫩，或成熟；或清脆，或沉闷，那都是发自灵魂深处的心底之音，那是生命里的千回百转，那是生命征途中的摔打与淬炼，那是一种咀嚼与回味，那是一种重生与涅槃。

生命的风雨要一一经历，坎坷走过，前方的路才会更加平坦。生命，其实是一种跋涉，虽然荆棘丛生，可回头总能体味那流年过往的欣慰。

生命中，也总有那么多的感动，春华秋实，花开花落，都是上天的赐予，都与你不经意蓦然相遇，都与你一起同唱一首生命的欢歌。

人生是缤纷的，岁月的洗礼，让你在花花世界里看到一个真实的想要的自己。生命的喧闹，并没有湮灭一个人本身的存在，我们总在无奈的现实中寻觅，在快乐与痛苦交织中升华。

人，本是人，不必刻意去做人；世，本是世，无须精心去处世。这也便是想明白了，人生沧海桑田，饱尝人生的酸甜苦辣，放眼尘世，无非是云淡风轻，这个世界，还有什么放不下的？

宋代禅宗大师青原行思悟出参禅三境界：参禅之初，看山是山，看水是水；禅有悟时，看山不是山，看水不是水；禅中彻悟，看山仍是山，看水仍是水。物质的形式，无论怎样变幻，都逃脱不了本真这层底色。

“世事一场大梦，人生几度秋凉。”想必苏轼是活明白了的，他知道什么该舍弃，什么该坚守，懂得有舍才有得的道理，所以，他能宠辱不惊，自由自在。

生命，就该还原本身的颜色。

2016 年 7 月 5 日　宁波北仑区、招宝山风景区

每一朵浪花都有一场激越的梦

浪花是依恋海岸的吧，那一波又一波，无休无止地追逐，总让人感叹与迷恋。

南国的海水是湛蓝的，在碧波无垠的白色的光里，懒洋洋地，亲吻着岸上的岩石或海水里突兀的礁石，又离别一般，恋恋不舍，一步三回头地分开。

在大地母亲的宽厚的怀抱里，大海有时犹如婴儿一般，时而酣睡，

时而惺忪，时而沉思，时而咆哮，时而多情，时而无情，大海是多变的，有着自己的喜怒哀乐。

浪花，是有梦的吧。起初，她在酝酿，在辽阔的海面上，波澜不惊，可她私下里却在悄悄积聚着力量，一股喷薄而出的力量。

海平面泛着波纹，一排排细小的浪花，慢慢向前推动着，在海风或潮汐的牵引下，形成宽大而长长的海墙，滚滚前涌，势不可当。

而浪花是跳跃着的，她是可爱的精灵，她就挺立在风口浪尖，有着洁白的身姿，在海浪不停地翻滚里，不断地跳跃、飞涌，一次次展现着生命的璀璨与美丽。

她也是有着无穷力量的吧，无论遇到什么样的阻隔，她都毫不停息，哪怕是巨大的海礁或岩石。她们也是团结着的吧，她们紧紧拥抱在一起，不离不弃，一起向着前方的目标进发，对，进发。

海鸥，应该是浪花的玩伴吧，她们飞翔在浩瀚的海空，像闪电，又像利剑，劈开黑色的乌云，让晴空重新出现在海面。她们不甘喑哑，她们要发出自己的声音，她们向天空发出鸣叫，似乎是一种挑战。

而浪花呢，也是忍受不了寂寞的，对，她们也要在海鸥的号子声里，鼓足更大的勇气，对，为着远方，也为着明天。她们继续奔涌着，有着更大弧度的跃起，在海鸥的声声唤里，一次次，一次次飞跃得更高。

她们也有低沉的时候，但更多的是又一次积攒。她们互相商量着，彼此鼓励着，克服更大的困难，她们听从内心的召唤，担负着未来的希冀，一次次，向着绚烂，前进，前进。

海风，缓缓吹起来了，海面上，惊涛骇浪，这也许是她们生命最美展示的时刻吧。她们毫不羞涩，毫不避讳，毫不畏惧，毫不懈怠，她们一起向海岸冲击，冲刺。她们打翻了漂浮物，她们又遇到了礁石，对，不用害怕，她们勇敢地冲击，就像一个个英勇的战士，她们终于跨过了礁石，她们继续向前迈进，她们远远地就已看到了岸边巨大的岩石，可她们依然斗志昂扬，她们唱着惊天动地的歌，手拉着手，肩并着肩，她们一起奔向海岸。

可岩石是坚硬的，沾着腐蚀或石化的贝壳，有些湿滑，在与浪花决斗的一刹那，它们屈就着身子，发出沉闷的哀号，可浪花太猛烈了，在刀枪相接、直面撞击的一刹那，她们粉身碎骨，变成了一朵朵晶莹的水花，飞溅在她们曾经占领的岩石上，又逐渐消弭在无边的海空中。

她们，以大无畏而牺牲自我的方式，终于完成了一次最重要的使命，其实，每一朵浪花，都有一场激越的梦。

2016 年 7 月 23 日　广东汕头莱芜岛海滨

谢谢你给予我的尊严

生命旅途中，有多少经历，能够让你铭记心头，又有多少人与事，让你念念不休？

猴年春节刚过，我去黑龙江肇东给某央企讲课，讲完回郑州，在哈尔滨机场登机时，被告知座位串号，安排到头等舱就座。

进入客舱，询问乘务员，说是坐飞机的人多，然后给我指了指座位，并抱有歉意地说，虽是在头等舱，但餐食是跟经济舱一样的，我点头表示理解，过了一会儿，一位跟我一样情况的先生也被安排到我临近的座位。

飞机起飞后，我看了几页书，由于起早赶飞机，有些困意，就眯着眼休息了一会儿。等我醒来，头等舱乘务员就走过来，告诉可以就餐了，还小声说头等舱的餐食足够，并说出餐食的种类让我选择，其耐心之至，让人有些局促。待我选择后，就帮助打开小桌板，铺上餐巾，而后端上了一份品种丰富的牛肉米饭套餐，包括点心、水果、罗宋汤、茶水等。等我临近的那位先生醒来，她也一样提供了这样的标准服务。

在用餐过程中，这位女乘务员还过来招呼要不要辣椒酱，并不时过来添水，与乘坐头等舱旅客的服务并无二致，反倒让我这位经济舱的旅客一路上有些诚惶诚恐，“有机会，一定要买这家航空公司的头等舱，不为别的，只为感谢这家细心、耐心而懂得给予顾客尊严的航空公司以及乘务员。”我在心里，就这样告诉自己。

可以想象，同在头等舱，却享受不同的待遇，这种阴差阳错会给当事人带来多大的尴尬？这就像在豪华餐厅去点两个烤串一样让人不安。这时我才想起，为何我身边的那位先生，一直抱着膀子，看似入睡，而等我快要用完餐的时候，才伸了个懒腰，大声咳嗽了几下，表示自己已经醒来，可以一样用餐了。其实，他应该一直是在观察。

这次超值的乘机之旅让我感慨良多，其实，在当下中国经济下行压力较大的背景下，作为国家要大力发展的第三产业服务业，如何让顾客有尊严地享受企业的服务，体现仁爱、知心、真心、诚心，并不致给顾客带来不快，也许是想要提升自己核心竞争力的企业需要扪心自问而深入思考的。在市场上，有些企业或组织，虽然给客户也提供了一些服务，但总让人感觉别扭、牵强或者不舒服，就像在有些机场，这样一个相对高端的场所，却经常听到安检人员近似命令的生硬话语。

能够给人以尊严，无论组织还是个人，都是一种美德和修养，实际上，也是一种企业良心。商道即人道，品德、品质、品牌，这样的逻辑关系告诉我们，无论是对顾客还是员工，植根于尊重至上的企业文化，才能开出绚烂夺目的花，才能让人感受馨香，而难以相忘。

2016 年 2 月 18 日　哈尔滨至郑州航班上

壮美祖国

百年沧桑，百年黄埔

雨过天晴，午后长洲岛的天空格外清朗。

从辛亥革命纪念馆出来，我就急切地想到相距并不远的黄埔军校，我实在担心景点下班，又辜负了我的一次满怀期望。

岛上是有山的，虽然并不雄伟，但也蜿蜒起伏，南国的绿植，潮湿而绚烂，路两旁古老的榕树，伸展着长长的须，撒下大片的荫凉，让我旅途的心充满感激与快乐。

我为什么要来到这里呢？出发前，我问自己。我知道，从内心里，我想追寻历史的脚印，还原曾经的烽火岁月，感受那一段波澜壮阔的史诗。

此刻，我终于站在了黄埔军校旧址门口，屏息静气仔细端详门楣上谭延闿手书的白底黑字的“陆军军官学校”，它并不高大，也不豪华，甚至有些普通。但就是这所学校，却极大地推动和改变了中国的历史进程，成为横亘在中国人心目中的一块永久的丰碑。

我轻轻地走进纪念馆，轻轻再轻轻，我不忍惊扰这里的宁静，我只想走近她，了解她，仰望她上世纪璀璨的光辉。黄埔军校创立于 1924 年，迄今已有 90 余载的历史，是北伐战争统一中国的主要策源地。同时，也为这个风起云涌、危若累卵时期的中国，培养了大批军事人才，曾走出了杜聿明、戴安澜、胡宗南以及左权、陈赓、林彪等著名国共两党军事将领，是近现代中国军事家的摇篮。

一幅幅画面，就是一段段历史的重现：东征、北伐、十四年抗战，以民族和国家为己任的黄埔系同学，从战区司令、军师旅团长等近三十万人，激战平型关、血战台儿庄，击毙日军阿部中将，前赴后继，不怕牺牲，甚至远征缅甸、印度，英勇抗击帝国主义侵略，掀起了挽救民族危亡的高潮……

徜徉在校园，我看到了远处山上伫立着的孙中山总理纪念碑，仿佛听到了当年学校开学，他慷慨激昂的讲话：“三民主义，吾党所宗，以建民国，以进大同，咨尔多士，为民前锋，夙夜匪懈，主义是从，矢勤矢勇，必信必忠，一心一德，贯彻始终。”这是何等震撼云霄的演讲，民族、民权、民生成为那个时代的最强音，成为遭受几千年封建压迫的中国老百姓内心最高的呼声，这就是那个时代社会精英们的神圣使命，他们抱着救国救民的真理，不断地探索中国革命的道路，他们奔走呼号，他们漂洋过海，甚至颠沛流离，但他们义无反顾，我的耳边仿佛回响起隆隆的枪炮声，以及黄埔军人铿锵的脚步声……

这是一所伟大的学校，孙中山先生的三民主义是她的信仰；这是一所有灵魂的学校，蒋中正手书“亲爱精诚”，以及“升官发财，请往他处；贪生怕死，勿入斯门”，横批“革命者来”即是明证。这是一所演绎着青春与豪情的学校，“革命尚未成功，同志仍须努力”，他们“杀尽敌人方罢手，完成革命始回头”，这是中华民族精神内涵的集中反映。

黄埔军校是国共两党合作的结晶，是中华民族大团结的见证，是民族危亡时挺起的脊梁和铮铮铁骨。黄埔精神必将成为中华民族永远的精神财富，鼓舞中华儿女奋勇向前，为实现中华崛起、民族复兴而一往无前！

伟哉，中华民族！

壮哉，黄埔军校！

致敬，当年浩气云天的黄埔军人！

2015 年 7 月 21 日　广州市花都区新华街镜湖路 2 号云峰大酒店

不朽的魂灵
——致敬安息的鲁迅

二月的上海，虽然温度还有些低，但春意正浓。湖岸边千姿百态的柳树，枝条已经发青，柳苞正待绽放，沉闷了一冬的小鸟，此时正展开羽翼，在阳光下飞翔。

鲁迅公园（原来的虹口公园）的中午，游人如织，但大都是休闲市民，或者是来赏春的。世界文豪广场前的雕塑，虽然他们是雨果、莎士比亚、泰戈尔……但依然遮挡不住寂寞，倒是顽皮的小孩穿插在他们的中间，玩耍嬉戏。

鲁迅纪念馆里的游人并不多，但院子里的几株梅花，正开得争奇斗艳，很是红火，犹如先生“斗士”一般丰富厚重的人生。

我曾到浙江绍兴鲁迅先生的故居，了解先生的过去，那里有百草园，曾经的社戏，三味书屋，还有课桌上刻着的小小的“早”字，那里应该有先生快乐的童年。

先生是蜕变的，尤其是家道的中落，从小康到困顿，让他成为“寻求别样的人生”。赴东瀛学医，也许当初的初衷，只为不出现像父亲被庸医医死的悲剧，但在日本仙台医专课间放映的幻灯片里，看到一个中国人被日军杀害而许多中国人麻木不仁地观看，这位“人之子”一下子惊醒了，他决定弃医从文。“今索诸中国，为精神界战士者安在?”变革社会的“第一要著”是改变国民的精神，他意识到中华民族要想真正屹立于世界民族之林，必须培养无数人格独立、意识觉醒、精神健康的新人，于是，先生提出了“立人”，“人立而后凡事举”，建立“人国”，“肩住黑暗的闸门，放他们到宽阔光明的地方去”，并为之奋斗终生。

但是在中国，改变是困难的，尤其是在“吃人的社会”（《狂人日记》），“哪怕搬动一张桌子，几乎都要流血”，也许正是因为如此，在日本留学时，面对挚友，他发出“灵台无计逃神矢，风雨如磐阁故园。寄意寒星荃不察，我以我血荐轩辕”的豪迈壮语。

可探索民族复兴的道路太漫长，尤其是在鞭挞国人劣根性、政府的腐朽、社会民主等方面，先生孤独难行，在风雨如晦时期，甚至上了“勾名单”。于是，先生彷徨，呐喊，但不改初衷，“地火在地下运行，奔突；熔岩一旦喷出，将烧尽一切野草，以及乔木，于是并且无可朽腐。但我坦然，欣然。我将大笑，我将歌唱。”（《野草·题辞》），先生甚至剖露心迹，“横眉冷对千夫指，俯首甘为孺子牛。”

先生极力刻画国人的魂灵，阿Q、祥林嫂、闰土、赵四太爷、孔乙己……这些当年栩栩如生的笔下人物，我们依稀似乎还在哪里见过，他们在这个社会好像依旧鲜活。鲁迅先生是有预见的，包括五四新文化运动在内的诸多中国革命或活动，并没有给中国带来多少实质性的改变，中国发展的前途依然遥远，国民的精神依然需要提振。

先生主张拿来主义，立志做民族文化的保存者、开拓者、建设者，并为此不辍，先生曾翻译《斯巴达之魂》《毁灭》等作品，从内到外，他都在弘扬爱国的民族主义精神及革命传统，号召抵御外来的侵略者，从这个角度看，他算得上是一个彻底的民族主义者。

鲁迅先生一生流转迁徙，屡遭杀伐，但意志坚定，他的笔触，像“匕首”，像“投枪”，触痛了国人的神经，点燃了革命的激情。毛泽东评价他：“鲁迅的骨头是最硬的，他没有丝毫的奴颜和媚骨，这是殖民地半殖民地人民最可宝贵的性格。鲁迅是在文化战线上，代表全民族的大多数，向着敌人冲锋陷阵的最正确、最勇敢、最坚决、最忠实、最热忱的空前的民族英雄。鲁迅的方向，就是中华民族新文化的方向。”

鲁迅先生是旗手，是导师，是中华民族文化精神前进的推动者。1936年，鲁迅先生逝世，举世震惊，在宋庆龄亲自主持的葬礼中，人们用一面绣着“民族魂”三个大字的白旗覆盖在鲁迅的棺木上，这也许是对先生一生最好的定论。

“鲁迅先生之墓”是安静的，毛泽东题写的鎏金墓碑镶嵌在照壁里，绿树掩映之下，先生的墓地格外清幽，阳光暖暖地洒下来，很祥和，一如先生处世不惊的内心世界。

先生说：“生命的路是进步的，总是沿着无限的精神三角的斜面向上走，什么都阻止他不得。”这是时代的潮流，任何人都无法违背。

臧克家在《纪念鲁迅有感》的诗里亦说：“有的人活着，他已经死了，有的人死了，他还活着。”

鲁迅先生的魂灵，不朽！

2016 年 2 月 25 日　上海鲁迅公园

大漠的风

站在阳关烽火台旁，我感受着来自大漠的冬天的风。

这是从沙漠、戈壁滩深处吹来的风，粗野而奔放。也许是在它的领地，有些肆无忌惮，它时而紧密，时而舒缓，如铿锵的战鼓，如嘶鸣的烈马。刮在脸上，似冰刀霜剑掠过，让人顿感大漠的空旷与严寒。

我突然想到唐代诗人王维的《送元二使安西》的诗句：“劝君更尽一杯酒，西出阳关无故人。”边塞的环境恶劣，好朋友要去那里了，怎么不让人担心牵挂而心怀感伤呢？

远处的阿尔金山上，覆盖着薄薄的积雪，也许是在风的威力下，有的山的肌肤裸露着，长长而不知尽头的阳关大道，依然宽阔，古时的阳关，在岁月的侵蚀和风沙的堆积里，深深地埋在地下，无声地沉睡。

作为荒漠娇子的胡杨树，已经残叶尽褪，沙枣树也在大漠的风吹里，只留下一串串红红的小果实挂在枝头，在澄净的阳光里，犹如一个个极小的红柿子。

我想到了在雅丹，看到的各种形状的地貌，像狮子、擎天柱、孔雀、舰队……它们伫立在漫无边际的戈壁滩里，规模庞大。大漠的风，改变了它们的造型，让它们拥有了今天的模样。它们是风的作品，风塑造了它们。

大漠的风，在不同的时间，呈现出不同的个性。

清晨，风是清新的，虽然寒冷，地上有着霜雪，但看到东方慢慢泛起的红晕，你会在哈着白气的凛冽里，感受大漠的风给你带来的希冀。我想起在戈壁滩，去野外看骆驼刺和红柳的情景，面朝着太阳的方向，万道霞光，满怀欣喜，漫跑着，虽寒犹暖。

中午，在开阔而有些刺眼的阳光里，风，变得温柔了些，站在玉门关遗址，竟有一种如沐春风的温暖感觉，“羌笛何须怨杨柳，春风不度玉门关。”豪迈的王之涣在表达什么呢？塞外荒凉？还是暗讽当政者不了解戍边士兵的疾苦？这里，不应该成为萧索的代名词，从不远处西湖湿地遍布的高高的枯枝芦苇，以及湖里厚厚的冰雪，依然能够感受这里春夏的蓬勃与热烈，这里是沙漠绿洲，也是当年戍边人的希望吧。因为，这里能够看到四季，搏动着一颗颗归乡的心绪。

午后，随着太阳西移，尤其是到傍晚，风则愈加猛烈，也更加冷入骨髓，你能感觉到风吹脸庞的麻木，而总想用手去呵护一下耳朵，你会觉得寒风，就像一条蛇，从你的衣缝里钻进来，在身上穿梭，让你感受刻骨的冰冷。

我猜想当年戍边的士兵，是一种怎样的生活，他们除了要与入侵的敌人进行血战外，还要抵御这塞外的风霜，他们“醉卧沙场”，壮怀激烈，也就不足为怪了。

江南的风，通常是婉约的；北方的风，有些憨厚；而西北边塞的风，则充满斗志和传奇。江南的风，会让人安逸；北方的风，则使人坦然；而西北大漠的风，除了让人清醒，还令人充满幻想。

大漠的风，是一种生命的力量，蕴藏着精神的光芒。风，带来了严酷，也催生了坚强；风吹走了浮沙，堆下了厚重；风，涤荡了曾经所有的荣光，只留下后人无穷的念想。

看着荒漠里残垣断壁的遗址，风似在无声地诉说，诉说什么呢？是西汉卫青、霍去病金戈铁马征战匈奴的故事，还是丝绸之路曾经带来的繁荣昌盛与大汉梦华？

风，卷起雪花，飞旋着，似在思索……

2016 年 2 月 5 日　甘肃敦煌阳关遗址

炮台的寂寞

秋天的海风，有些平静，海浪，也波澜不惊。

厦门，潮湿而有些阴郁的天空，低垂着，就连轮渡码头，也一扫往日熙攘的喧闹。

在胡里山炮台，我拾阶而上，脚步有些沉重而缓慢。这镌刻着历史的古迹，总能让人想起过往，无论是欣喜，还是忧伤。

胡里山炮台，始建于清光绪二十年（1894 年），是中国洋务运动的产物，历史上被称为“八闽门户、天南锁钥”。为了建造它，两任浙闽总督历尽艰难，几经波折，终于竣工。

炮台上最著名的是 1893 年购自德国克虏伯兵工厂的一门 28 生（280mm）克虏伯大炮，至今保存完好，有效射程可达 16000 米（最远射程 19760 米），花了白银 10 万两才购得。如今，这座大炮依然威武地伫立在海岸边，眺望着祖国蓝色的国土，作为象征，保卫着一方平安。

在这里，1900 年 8 月，曾发生“厦门事件”，日军通过制造火灾，以东本愿寺被焚为借口，公然派兵登陆厦门。此时，炮台官兵立即进入备战状态，掉转炮口，对准鼓浪屿海面的日舰和日本领事馆，最后迫使日军撤兵回舰，胡里山炮台显示了它的神威。

而究竟为何要修建这座炮台呢？缘起于鸦片战争期间，英军一度攻陷厦门岛，特别是 1841 年发生的“抗英保卫战”，以石壁炮台为代表的厦港要塞，被坚船利炮的英军 20 分钟不到就给摧毁攻占，给有识之士和清醒的国人以刻骨铭心的记忆，加强东南沿海防务便成为当时洋务派极力要向朝廷启奏的国防重计。

我看着石碑上的介绍，仿佛也置身于那个列强林立而万马齐喑的年代，耳边是隆隆的炮声，密集的枪声，还有那一腔热血守卫国土但又无力回天的将士们的怒吼声……

胡里山炮台，代表着厦门市花的三角梅，遍布角落，红彤彤开得正艳，园子里的绿植，枝繁叶茂，一派生机。而让人称奇的，是海边一株大榕树，它的根系太发达了，一簇簇，或粗，或细，或古老，或年轻，既固守，又延伸，它们深深地扎向大地，让自己的生长半径不断地延长，从岸上几乎到了海边，看来，只要团结一心，“独木也能成林”。

我想起了有一次去青海西宁讲课，在所住酒店看到大堂墙壁上一巨幅的蜿蜒长城，耸立在崇山峻岭间，可我认为，真正的长城，应该在老百姓心目当中。当中华民族团结一心，一致对外时，其实，根本就不需要长城。当然，我们需要汲取养分，“师夷长技以制夷”，洋为中用，犹如那棵古榕，努力长成遮天蔽日的参天大树。

我在海边踱着步，沉思着，看远方浩瀚的海，看来往繁忙的船，岸边，是川流不息的车流，回头又看着这古老的炮台，看着它的斑驳与寂寞，想着往昔那悲壮的歌。

厦门是一个融汇着古老与现代，光荣与耻辱的城市，胡里山炮台，则是它的缩影。回望炮台，我多么希望，历史的硝烟战火永远消弭，多灾多难而又百折不挠的中华民族，能够永远屹立于世界民族之林。

2015 年 9 月 20 日　厦门

东渡沧桑
——对话远去的鉴真

在风和景明的深秋，在大地渐归沉寂的当儿，我一路辗转追寻你的足迹，以一颗虔诚的心，了解你的过往，在时光里，见证你的苍凉与辉煌。

你自幼家贫，十四岁即随父在扬州大云寺出家，十八岁，受菩萨戒，二十岁起，游学东都洛阳、西京长安。你曾主持讲经一百三十遍，修建寺塔八十余座，写佛经一万一千卷，开悲田院，救贫济病，亲度僧尼四万余众……我想知道，这些数字的背后，你并不伟岸的身躯是怎么做到的，你怎有如此的毅力，一步步去实现自己的人生？

站在黄泗浦，这个你第六次出海的地方，我在踱步、沉思，在想，当年的你，是如何克服重重困难，披荆斩棘，在狂风恶浪中，一路波折而到达彼岸的？

上学时，学彭端叔的《为学》，富僧做不到的事情，“吾一瓶一钵足矣”的贫僧，却做到了，自西蜀之去南海，“不知几千里也”，作者由此感叹“天下事有难易乎？为之，则难者亦易矣；不为，则易者亦难矣。”想必，你就是这样的僧人吧？坚强的意志力，果敢的行动力，让后来者自叹弗如。

应日本留学僧人邀请，你东渡日本，遭受告密、大风破舟等一系列挫折，一再失败，六十一岁时，甚至第五次东渡出海，又一次遭遇风暴，船顺风漂流到了海南岛，几经颠簸，几经流离，随行的弟子去世、离别，你备加伤感，又因频经炎暑，患眼疾双目失明。这些，都没有打倒你，因为你重任在肩，你无法停止前进的脚步。受遣唐使及留学僧人诚邀，你又开始第六次起程，这是一次有可能有去无还的艰辛历程，在接下来的一个多月里，你们搏风暴，克危难，战险途，终至日本九州，受到皇室和僧众盛大欢迎。你终于了却了心愿。

在日本，至圆寂的十年间，你讲经传律，不遗余力，你将中国先进的建筑、雕塑技艺、汉语声韵文字、印刷术、医药学等介绍到东瀛，影响深远。我想，你是超越国界的，你的成就也是受人怀念和尊重的，我为你当年不朽的壮行而赞叹和讴歌。

清清湖水，明鉴着你的心志，那艘斑驳、枯黑的木船，见证了你的东渡沧桑，沿路弯弯啊，经幢亭起航处，你的足迹依然有力。

站在东渡桥，扶栏远眺，这里芳草青青，湖水就像沉默的神灵，把大地紧紧揽在怀中，一旁的东渡寺还在蔚然挺立，大唐遗风还在，只是不见了你的身影。

你的视野，应该是今人无法比拟的，你用博大的心，去包容，去爱这个世界，你传播着佛教及中华文明，你兢兢一生，你的道义、精神成为后世的标杆，屡败屡战、越挫越勇，你用文化的力量征服了东瀛。

浩瀚佛教的天空，你是闪耀的那颗星！

2015 年 11 月 1 日　张家港东渡苑

清秋壮歌
——观无锡徐霞客故居有感

秋后的枕塘河，沉静而多情，河面上浮起的一株株菱角，犹如婀娜多姿的睡莲，透着生命的墨绿。

而秋风呢，也尽展神奇的力量，吹黄了树叶，催红了果实，吹淡了云彩，吹远了蓝天，让世间变得慵懒而绚烂。

在这样一个瑰丽的季节，一个人烟稀少的当儿，在秋日暖暖的光照里，探访徐霞客故居，是让人心旷神怡而格外惬意的。

这是一座位于江阴马镇南岐村的僻静之所，是当年徐霞客生活与成长的地方。走进去，一湖碧水，犹如镶嵌的明珠，这里充盈着江南特有的格调：亭榭、阁楼、小桥、流水，甚至还有静泊着的乌篷船，湖面是波澜不惊的，两只白鹅，在引颈嬉戏高歌，泛黄的柳枝倒映在湖水上，犹如一个美丽的童话世界，让人感受当年霞客在这里度过的美好时光。

那株古老的罗汉松，依旧在散发着蓬勃生命的力量，据传，这是霞客先生亲手栽下的，距今已有近 400 年的历史。晴山堂，始建于明末启元年，是霞客为庆祝母亲大病初愈和寿辰而建，昭显着这位孝子对母亲的拳拳爱心。

我穿行在湖畔密匝匝的竹子和树林里，一点点在想象着当年的徐霞客是怎样受耕读世家文化熏陶，博览群书，少年即立下了“大丈夫当朝游碧海而暮苍梧”旅行大志的。

我坐在青石板上，看清幽的湖面上闪耀的波光，秋阳透过树枝，洋洋洒洒地斜下来。抬头，我看到青翠的竹子高耸入云，清风从耳边吹过，我嗅到了从湖面上吹来的花草的气息，我有些陶醉在这千古的湖光山色里……

“漫漫霞客路，起步胜水桥”，胜水桥位于故居东南百米的地方，桥墩两侧有桥联，外联“胜境重新舟驶人行通海宇，水影依旧清流急湍映天然”，内联“曾有霞仙居北宅，依然虹映卧南肠”，这里曾是徐母送儿子霞客出游的地方，她曾鼓励儿子“志在四方，男子事也。即《语》称‘游必有方’，不过稽远近，计岁月，往返如期，岂令儿以藩中雉、辕下驹坐困为?”并亲手缝制远游冠，鼓励儿子到广阔的天地间施展人生的抱负。

在“父母在，不远游”“孝子不登高”“不临深”的封建礼教下，徐母是何等的深明大义。要知道，当时他 19 岁，父亲病逝，徐母已 60 岁，但正是这位伟大母亲的谆谆教导，22 岁的徐霞客即挥别青砖黛瓦的依稀故园，开始了他长达 30 多年的探险生涯，开启了中国历史上一段作为个人的波澜壮阔的科考里程碑。

一生志在四方的徐霞客走遍祖国的大山名川，足迹遍及 16 个省，迎着朝阳，披着晚霞，风餐露宿，经常以野果充饥，清泉解渴。他不畏艰险，多次遇盗，几度绝粮，但从未有过退缩的念头，甚至因足疾无法行走时，仍坚持编写《游记》和《山志》，完成了约 60 万字的《徐霞客游记》。55 岁云南地方官用车船送徐霞客回江阴，56 岁正月病逝于家中……

在当时交通不甚发达的情况下，很难想象，徐霞客要经历怎样的困难，要克服怎样的障碍，一步步实现自身的远游理想。他是如何像父亲一样，不愿为官，不愿同权贵交往，而却对游历矢志不渝的？回望远处徐霞客墓园，我由衷地赞叹！

我徘徊在枕塘河岸，抬头，洁白的云在上空飘荡，一眼望不到边的芦苇丛，一只水鸟在独自嬉戏，雪白的芦花正在风中起舞，在青黄相接的草地上，我索性躺下来，聆听耳边的风语，让心旌荡漾，不远处就是徐霞客出游船只停泊处，我仿佛看到他登上帆船，又一次远行……

天色渐晚，行走在幽深的林荫小道上，我看到湖里的莲叶与荷花，在夕照里，呈现衰枯的颜色，在这无人的深秋，我突然想到人生的短暂，以及前方的遥远。是啊，吾生尚未老，当像霞客一样，奋力实现人生的目标，只为此生无怨、无悔、无憾……

2015 年 10 月 17 日　无锡江阴徐霞客故居

高山仰止

清晨，我以一颗朝圣的心，步行到贵阳黔灵山，去追寻一段曾经波澜壮阔的历史。

黔灵山，被称为“黔南第一山”，以林幽湖净著称。此刻，它正掩映在一片明媚的春色里，群山苍翠，满目生机，洁净的山路上，是来来往往脸上洋溢着春意的淳朴人群。

就是在这样的一个充满着盎然绿意的山林里，谁又能想得到，这里有着一处名为“麒麟洞”的故址，而它竟曾关押过民国时期的风云人物张学良和杨虎城两位将军。

麒麟洞狭窄而低矮，里面应该是幽深的吧，站在洞口，我无法想象，他们是怎样在这里待了七个月的。一旁的麒麟阁，是什么时候建的？此刻，它静静地立着，门是锁着的，不知这里有没有当年张杨二人的身影，他们在这里是不是扶栏远眺外面的世界，去做一个怎样的思忖？

张杨无疑是中国历史上无可替代而不可磨灭的英雄，载入史册的1936年的“西安事变”，改变了中国的抗日进程，本着挽狂澜于既倒，扶大厦之将倾，两人不顾身家性命，在西安临潼华清池，兵谏“攘外必先安内”的蒋介石，并由此建立了抗日民主统一战线，国共合作，挽救民族于危亡，掀起了全中国联合抗战的高潮。

张学良，是深明大义的，在国恨家仇的当儿，东北易帜，结束内战，显示了他的家国智慧。倾巢之下，岂有完卵？没有国，哪来的家？面对外敌入侵，他首先考虑的不是自身安危，而是国家和民族利益。杨虎城，也是英勇无畏的，刀客出身的他，24岁就曾赋诗言志：“西北山高水又长，男儿岂能老故乡，黄河后浪推前浪，跳上浪头干一场。”他同样也是一个值得后人称赞而有抱负的铁血男儿。

实际上，张杨二人发动“西安事变”，他们不是没有考虑到将会招致的后果，青山处处埋忠骨，何须马革裹尸还？国难当头，他们没有回避，或刻意保全自己，而是选择了宁可舍弃自身也要救国救民。杨虎城将军，最后在1949年9月6日，国民党弃守重庆前夕，连同我们熟知的“小萝卜头”等，在重庆中美合作所之戴公祠被毛人凤指派的军统特务杀害，而张学良则辗转更换羁押地，贵州、重庆、台湾，被囚禁长达54年，并在2001年病逝于檀香山，享年101岁。

我不知道两个人被关押在这里时是一种怎样的情形，反对内战一致对外的实现，他们又有着怎样的欣慰和担忧？张学良虽然是一个颇有争议的人物，尤其是东北三省的沦陷让他有口难辩，但这不足以掩盖他忠贞爱国的思想光辉。

男儿此生能报效祖国，可以无悔、无憾矣！

我徘徊在山林，抬头，太阳正越发的明亮，山上的花儿，正艳丽地开放，黔灵湖的水，清澈透底，小鸟，正在山中自由自在地翱翔。

走出公园时，我回望雄壮的黔灵山，巍峨而连绵的山峰，高高地屹立，需仰望才能看到。我知道，其实，那是伟大祖国的精神之巅，正是这种绵绵不绝的民族魂魄，才支撑中华民族走得更远，华夏文明亘古不灭。

2016 年 4 月 11 日　贵阳黔灵山公园

行走的屈原

昨晚，我就站在高高的楼上，眺望着窗外沅江星星点点的灯火，在想，这里的江畔是否有你踉跄的脚步。可晴空皓月，整个天地都在沉默。

清晨，我早早起来，站在有些阴郁的江岸，在问，这是不是当年你流放的地方？可沅江涛涛，不见你的回声。

你自幼嗜书成癖，虽出身贵族，但却有一颗体恤百姓疾苦之心。你也有过小荷初露，甚至“醉卧沙场君莫笑”的蓬勃时期，那时的你，意气风发，备受赏识，内政外交，你如鱼得水。

你曾想通过变法，国富民强，可沸腾了民心，却让利益相关者惧怕，他们纷进谗言，于是，你一再遭贬。你曾被流放汉水，后到鄂渚，入洞庭，几经辗转，当郢都沦陷，重返无望，于是作诗篇《怀沙》，表达自己忠贞爱国的情怀和“受命不迁”的志节，毅然动了死的决心。

我想，当时的汨罗江，一定是呜咽的，那个“路漫漫其修远兮，吾将上下而求索”的三闾大夫去了吗？那个“长太息以掩涕兮，哀民生之多艰”的左徒，老百姓一定是爱戴的。不然，为何你投江自尽，那么多老百姓为了你尸身完整，而投下香米粽子？

宁为玉碎，不为瓦全。我想，你投江之前，一定是凛然而痛苦挣扎的，内心也是极度矛盾的，可最终，你还是抛弃掉苟活的念头，纵身投入汨罗江。你背负的那块石头一定很重吧，“亦余心之所善兮，虽九死其犹未悔”，你，就是这么决绝。

我知道你的苦闷，你的苦闷其实是时代的苦闷；我也知道你的疲惫，你的疲惫，实际上是一个国家的疲惫。

作为知识分子，你有一腔的爱国热血，可你苦于报国无门，当现实把梦想击碎，我想，你也一定是绝望的，当你看到国运的衰落，想必你也一定是痛伤的，可黑暗的时势，你又如之奈何？

当年，你流放的当儿，一定仍在思考国家的命运，可“举世皆浊我独清，众人皆醉我独醒”“百金买骏马，千金买美人，万金买高爵，何处买青春”，在施展抱负上，你确实无路可走了，你只有压抑你的政治才干，把你的志向、情感、理想甚至幻想隐藏在《天问》《九歌》《离骚》里。

“吾不能变心以从俗兮，故将愁苦而终穷”“苟余心之端直兮，虽僻远其何伤”，你仍然不同流俗，就像当年你披头散发，沿着汨罗江，一路奔走，一路长啸。

曲折而辽阔的洞庭啊，你涤荡了千年了多少的污浊，滚滚而奔流的江水啊，又曾湮灭了多少有志之士爱国的热情？

你开创了“楚辞”，创立了“香草美人”的传统，可华丽到极致，却是你自身的毁灭，让人悲愤乎，伤感乎？

……

风从江中吹来，我感到一丝丝凉意，一江的秋水，正不息流淌，我感受到了一股不可抵御的力量，是那么的激越，那么的动人心魄。

抬头，我看见天际，一抹红晕从云层挣扎着扩散开来，秋风里，吹来江南花香的气息，我走下江堤，看东方，那一轮红日正冉冉升起！

2015 年 10 月 5 日　常德沅江畔

梦语东坡

远处，嵩山耸立着，在深秋的烟尘里，呈现肃穆的黛色。

滋养了大地的汝水，在静静地流淌，任苍茫的秋日完整地融汇进来。

在雁鸣南归，旷野空阔，秋风乍起，烟岚袅袅的丰硕秋季，我又一次怀着虔诚的心来看你。

我曾造访你的家乡四川眉山，那是一个山清水秀的西蜀之地，在你的故里，我寻觅过你成长的足迹，那里有你快乐的青幼年，是培育了你聪慧与灵动的地方。可后来，你进入京城，却极少再返乡，想必你也是怀念故土的，只是你身不由己。

作为官员，你有一颗悲悯的心。情系百姓，为民立命。你把“为官一任，造福一方”诠释得淋漓尽致，你每到一处，深入百姓，赈灾济民，兴修水利，提倡教育。你的远见与良善，让世人称颂与怀念。

你风流倜傥，喜欢大山名川。游历黄州，你曾有“大江东去浪淘尽，千古风流人物”的豪迈；仰望星空，又有“明月几时有，把酒问青天”的忧愁；回想亡妻，更有“十年生死两茫茫，不思量，自难忘”“千里孤坟，无处话凄凉”的儿女柔情。

你的人生是丰富的。你涉猎广泛，才华横溢，不仅你的诗词流传千古，你还精通书法、理学、佛禅，你还是佛印的座上宾，你还涉足养生、饮食，它们陶冶了你的性情，给了你触类旁通的灵感，你的一生是绚烂的，也是多彩的，你的博学是世人的楷模。

你内心又是乐观的。你官运多舛，“乌台诗案”身陷囹圄，几经贬谪，几度饥寒，“无所可居，无田可食，二十余口不知所归，饥寒之忧近在朝夕。”可人生的风雨并没有磨灭你的开朗心性，相反，你顺势而为，带领大家，开垦种植，自给自足，怡然自得，从苦中你总能找到快乐的种子。

你也是浪漫飘逸的。东坡湖，应该是你流连的地方吧。在这里，你一定会想起，在昔时你吟下“水光潋滟晴方好，山色空蒙雨亦奇，欲把西湖比西子，浓妆淡抹总相宜”的诗句，你的眼里总是充满美好与乐趣。而“花褪残红青杏小，燕子飞时，绿水人家绕”呢，则是你内心里顽皮、可爱的一面吧。

当然，你也有失意而悲凉的时候。你是否还记得，在官场起伏的低谷里，当年，你以62岁的高龄，告别家人，带着小儿子跋山涉水，几经辗转，渡过琼州海峡，来到海南儋耳（今儋州）。当时，那可是一片蛮荒之地啊，这是不是印证了你的词句“月有阴晴圆缺，人有悲欢离合，此事古难全”？

可你也是幸运的，你有一个与你一样重情重义的弟弟（苏辙），即使你客死异乡，他亦遵照你的意愿，“葬我嵩山下”“予我为铭”，将你葬在你想长眠的地方，并在自己死后，让家人埋在你身边，以永远陪伴。甚至已经先你而去的父亲（苏洵）也来到你身边，虽是衣冠冢，但你们父子三人浓浓的情感，足以让世人感慨万千。

“一门三学士，如天如日如月；四海五大家，无左无右无前。”这也许是对你们一家最恰切的评价。

风从遒劲的古柏树梢吹来，传来一阵阵欢快的松涛声，那是“思乡柏”，是“苏坟夜雨”，那一定也是你心中思乡的歌谣吧，我想，你一定是在随风起舞，遥望着家乡的方向。

高大的竹林，也在风中摇摆，是在挥手致意吗？还是在迎合松涛？它们一定是相伴多年的知己吧，一起环绕着伟大的文豪，聆听着广庆寺里的晨钟暮鼓，静看日出日落。

我站起身，在这个有些枯黄色彩的园子里，沉思、回味。不远处，圆圆的墓塚里，你静静地安睡，在小峨眉山的怀抱里，应该不再孤单和寂寞了吧，你终于不用再四处奔波了，你应好好地休息，听着松涛，和着流水，吟着诗篇，在风清月明里，去做一个悠远的梦。

2015年10月3日　平顶山郏县三苏园

花木兰，一个时代的宿命
——致敬忠烈的木兰

这是我第二次来到木兰祠了。

每次驱车回老家，从高速上看到木兰祠的标志，我总涌起一股敬仰之情，这位在豫剧里被传唱甚广的女子，到底是一个怎样的传奇，后面的故事又是如何，总驱使我一再地想探个究竟。

木兰祠，又名忠烈将军祠，坐落在河南商丘虞城木兰镇，是纪念花木兰的祠堂。走进文化广场，大院里，有一蹲木兰戎装跃马石雕塑，可以看出这位女英雄当年的飒爽英姿，对面则是毛泽东手书的《木兰辞》诗壁，其雄浑的字体让人叹服。而走进木兰祠，一左一右，可以看到两通祠碑，记载了花木兰的身世、受封确认及《木兰辞》全文。往前走，祠堂正中是身穿黄金铠甲，戴黄褐斗笠，披果绿战袍的木兰戎装像，两侧则是“木兰出征”和“木兰返乡”群塑像，墙壁上是围绕着《木兰辞》所做的系列连环画，也就是上学时书本上所告诉我们的故事。

花木兰，是国人心目中的女中豪杰。“唧唧复唧唧，木兰当户织”，本该做女红的她，却“不闻机杼声，唯闻女叹息”，为什么呢？只因外敌入侵，“军书十二卷，卷卷有爷名”，而她呢，“阿爷无大儿，木兰无长兄”，奉行忠孝的她，从容地披上了男人才该披挂的铠甲，代父从军，走上了杀敌之路。

花木兰，一路上风餐露宿，黄河的水啊，阻隔不了她的征程，胡骑的嘶鸣，让她越发的英勇，好在她少年随父习武，尽管“朔气传金柝，寒光照铁衣”，可“万里赴戎机，关山度若飞”的她竟然“将军百战死，壮士十年归”，在打败入侵之敌后，她竟凯旋了。

作为有着赫赫战功的勇士，她本来应该享受荣华富贵，甚至衣锦还乡，可面对天子“策勋十二转，赏赐百千强”，她却以“木兰不用尚书郎”而一口回绝了，她的理想很明了，就是“愿驰千里足，送儿还故乡”，她想回到日思夜想的家乡，过一种田园生活。

木兰的品格，无疑是值得学习的，不慕名利，不图虚荣，只想陪伴自己的爹娘，可她想得有些太简单了。战事结束，并不意味着危险消除，当她“开我东阁门，坐我西阁床，脱我战时袍，著我旧时裳。当窗理云鬓，对镜贴花黄”时，她万万没有想到，女扮男装，她是英雄，一旦恢复女儿身，却是悲剧的开始。当天子想把她纳为妃子的时候，不愿“伴君”的她，选择了拒绝，可她女扮男却犯了“欺君之罪”，万般无奈，木兰选择了自杀，一代忠烈才女，却落得了如此下场，实在让人唏嘘。

在男尊女卑的古时中国，花木兰的命运也许是必然的，以她一个弱女子，根本撼不动庞大的国家机器，“君臣纲”亦是宿命，可她又不想随波逐流地追求所谓的锦衣玉食，因此，她只能以死来抗争。花木兰的家乡、出身、结局，众说纷纭，本来就是一个谜，但她充其量也只是古时女子的一个特写而已，“心比天高，命比纸薄”，作为女英雄的花木兰，她也难以改变自身的命运。

在封建社会，是讲究“忠君爱国”思想的，可话又说回来，谁又来爱老百姓呢？老百姓犹如棋子，只不过是统治者的政治工具，随意摆布而已，用时如棋子，“弃之如敝履”，这难道就是老百姓所谓的命？这种命，实际上是一种“蝼蚁命”罢了。

透过花木兰的一生，亦可看出彼时中国的悲哀。国家是国家，百姓是百姓，它们交集极少，更多的是各走各的道，如果有交集，那也大多是侵犯，这也许就是晚清外国入侵，在清军抗击时，一些当地老百姓无动于衷看热闹，充当“看客”的原因，谁来统治这个国家，对于统治者眼中的“贱民”而言都是一样的，只要能吃饱肚子，一切皆可隐忍，中国人公共意识或群体意识的缺失，也许这也是源头之一。

在木兰祠对面，是一座干枯的池塘，一旁，就是花木兰及其父母的陵墓，站在木兰高耸的墓前，你会联想到那个奋勇杀敌的一代巾帼英雄，可谁又能知道，她的结局，竟是这样的悲催？

太阳，渐渐西坠，快要走出大院时，我看到木兰祠院墙里正伸出一树树的高大白玉兰，此时，它们随风招展，开得正艳，那一朵朵洁白而灿烂的花，多像忠烈的花木兰，在和煦的春风里，正绚烂地绽放。

2016 年 4 月 2 日　虞城营廓木兰祠

千年一歌

这是一个初秋的午后。

我驱车来到汝南梁祝镇，这里是梁山伯与祝英台的故里，一个曾经演绎着凄美爱情故事的地方，这里，曾一直牵着我的心。

其实，十几年前，我曾多次出差到汝南，听当地的朋友讲述梁祝的故事，但由于工作在身终未了却心愿，直到这次专门前来，真切地领略这里的风情。

秋季的太阳，依然是溽热的，道路两旁树上的知了，在不知疲倦地叫着，青青豆稞里蛐儿或蟋蟀清脆的歌唱，越发显出这片村落的宁静。

顺着当地村民的指引，我看到了远处矗立着的两座高高大大覆盖着绿树杂草的坟茔，而在我站立的田间地头，可以看到一座介绍“一步三孔桥”的石碑，向前方望去，果然见到一座石桥，连接着两座相距并不远的坟墓。这是家乡的人们为了方便他们阴历七月十五相会而建立的石桥，我由衷地赞叹乡亲们给予他们的淳朴而美好的祝愿。

走过小桥，“西晋梁山伯之墓”的石碑，就立在这条古官道的西旁，墓碑黑底白色非常醒目，坟墓的右后方，还立着“梁祝墓遗址”，以及记载着梁山伯和祝英台传奇爱情故事的“梁祝故事简介”的纪念碑。

这就是当年梁祝的主人公梁山伯吗？我端详着墓碑上的字，自言自语。他内心的情感，一定是波澜壮阔的吧，他的才俊，也一定是祝英台所欣赏的。

我站在这有些落寞的坟前，想象着当年梁山伯死后，祝英台出嫁经过这里，是怎样撞死在坟前的柳树上，而又化蝶双飞的。我的耳畔仿佛回响起那首悠扬的《化蝶》来，“碧草青青花盛开，彩蝶双双久徘徊，千古传颂生生爱，山伯永恋祝英台……”

祝英台的坟茔，就在梁山伯的东侧，过了古官道，穿过一片被荒草遮盖的小路，就到了她的坟前，“西晋祝英台之墓”。这是一个贞烈的女子，她有着自己的追求，此刻，她就静静地躺在黄土里，望着官道另一侧的梁山伯，他们也是经常相会的吧，不然，他们坟茔上的蒿草怎会如此旺盛？让人想起李叔同《送别》里的“长亭外，古道边，芳草碧连天……”

千百年来，梁祝的故事，一直在海内外华人中以各种不同的艺术形式流传，他们亘古不灭的爱情，深深地留在一代又一代人的心中。

让我们回想一下他们传奇的经典爱情故事吧：

青年学子梁山伯，辞家攻读，途中邂逅女扮男装的学子祝英台，他们一见如故，遂于草桥结拜，后又共读红罗山书院，同窗三载，情同手足，英台返乡，梁山伯十八里相送，那是一种怎样的情深与不舍呢？

当梁山伯经师母指点知道英台为女，前去祝家求亲，因祝英台被强许马家，求婚遇挫，回去的路上又遭大雨浇淋，一病不起。临终前，他嘱咐家人，死后葬在马乡北官道旁，以能看到祝英台出嫁时的情形。马家迎娶祝英台，走到梁山伯墓前，英台执意下轿，祭拜亡灵，趁人不备，撞树而死，被葬在山伯墓的东侧，一对情侣，就此千年相望。

这是一出饱含悲剧色彩的爱情剧目。“三春倚窗时丝丝心絮伴蝶影，一曲断肠处缕缕梦魂萦草桥”，此情此景，怎不让人动容？

上小学时，曾在大街上看到一种类似皮影戏的演出形式，透过小孔，看里面播放着的梁祝爱情故事，那带有哀婉曲调的《梁祝》，深深刻在了脑海。直到上大学，在迎新晚会上，一位老师用小提琴完整演奏，台下的我一下子感觉出似曾相识来，它打开了我记忆的闸门，让我惊喜，世间还有如此动人心魄的曲子。

这是千年一歌，歌声里流淌着一首永恒的心曲，那是离别的情，惊天动地，让人唏嘘。

我一直都想找到这首爱情故事的起源地，虽时光匆匆，还好，我还能抽出时间亲自拜会，来感受那首曲子里蕴含着的爱情悲伤。

太阳照在空旷的郊野，庄稼地里洋溢着青草的气息，在明亮的阳光里，我静静地看着“情圣——梁山伯与祝英台之碑”，寻找隐含在字里行间的故事，我想他们的感情一定是真挚的，不然，为何寄托了千百年人们的希望？我想他们也一定是幸福的，不然，作品里那两只蝴蝶为何总是欢快地翩翩飞舞，让人充满无限遐想呢？

2015 年 8 月 23 日　汝南梁祝故里

呼兰河的呼唤

在东北最美的深秋，我从哈尔滨来到呼兰区，探寻民国时期这里一位名叫萧红的女作家，了解她曾经在这里的点滴与过往。

呼兰，这片地处松嫩平原南部的黑土地，此时，正在和煦的秋风里，经历着秋冬的交替，展示着这里迷人的风采：辽远的天空，挺拔的杨树林，发黄的树叶和篙草，还有田地里，一排排、一片片竖立着的带着干枯叶子的玉米秆，蓝的天，白的云……

我终于看到了呼兰河，萧红的作品里隐藏着她的影子，在成熟的秋色里，她静静地沉默着，深秋午后的暖阳让这个曾经的呼兰县，沉浸在一片空阔的祥和里。

萧红故居位于呼兰县城南二道街，占地面积约 3500 平方米，1911 年萧红就出生在这的一个封建地主家庭里，早年的她充满不幸：家道中落，生母病故，父亲冷漠，只有祖父跟她感情深厚，她不仅跟祖父睡一屋，而且还跟着祖父学诗，这也许是她最初的文学启蒙。

故居空空的一间间屋子，也许对于萧红的印象，自从外出求学，就已逐渐淡漠，只有“东间后道闸”——原来的储藏室，却是她经常去探秘的地方。当然，偌大而稀疏的后花园，是她儿时的乐园，在这里，留下了她与祖父一起玩耍而备受呵护的身影，那是她心里至死都忘不了的温暖，从此，她求学和生活的道路上便充满泥泞甚至颠沛流离。

她喜欢文学和绘画，中学时便在校刊上发表署名“悄吟”的抒情诗，她是爱国的，为抗战四处奔走，甚至与鲁迅、矛盾、巴金等六十七位左翼作家联合签名《中国文艺工作者宣言》，反对内战，呼吁抗日，创作了抗日题材的《天空的点缀》《失眠之夜》《在东京》等作品，为免遭日伪迫害，她开始不停地迁徙流转。

在封建礼教眼里，萧红是叛逆的，曾不顾家人反对，出走北平求学，她曾不止爱过一个男人，哪怕他们曾经伤害过她，她曾陷入困顿，所住旅馆因欠钱太多，不让离开，是萧军夜租船只，将她救出，她的散文《饿》中，描述了贫困的窘境："……我拿什么来喂肚子呢，桌子可以吃吗，草褥子可以吃吗……窗子一关起来，立刻生满了霜，过一刻，玻璃片就流着眼泪了，起初是一条一条的，后来就大哭了！……"

可生活也是公平的，在给她狰狞面孔的同时，也给了她温情的一面，让她成就了自己。传统、封建以及战乱，给了她艰难困苦和磨炼，可同时也给了她对社会最底层的触及，尤其是民族和国民性的洞察与发掘，让她发出肺腑的心声：《王阿嫂的死》《生死坊》《呼兰河传》《马伯乐》《商市街》……

萧红也是正义和尊师的，《拜墓诗——为鲁迅先生》寄托了她对导师的哀思："我哭着你，不是哭你，而是哭着正义。你的死，总觉得是带走了正义……"她的血液里，流淌着对于正义的追求。

倔强的萧红也是不幸的，不仅一生如浮萍，四处漂泊，竟然最后也难叶落归根，在时代的风雨飘摇中，凄凉地病死在异乡——香港。难怪死前她在纸上写下"我将与蓝天碧水永处，留下那半部《红楼》给别人写了""半生尽遭白眼冷遇，身先死，不甘，不甘"，那时的她，一定是悲伤的，北望故土，她是不是还在深情留恋？

想必，故土的沦陷，她是痛彻心扉的，可不再有亲情的故乡，她又有多少念想？可她才年仅 31 岁啊，正是人间好时光。

萧红被称为"民国四大才女"之一，被誉为"20 世纪 30 年代文学洛神"，可谁又知道，在她文学艺术光环的背后，有那么多无人能懂的悲凉。我想，孕育了她文学风骨的呼兰河，一定是对她呼唤的，那是一个母亲对于儿女的呼唤，那是一个时代的沧桑，也是一个家与国的悲伤。

我又不由自主地想起1911年和1942年，那个风雨如晦、国难当头的社会巨变与震荡……

2015年10月21日 哈尔滨呼兰区萧红故居

历史的烟云

在金色的深秋，在秋意挂满枝头的当儿，在萧瑟的秋风里，我带着秋意的凉，来到哈尔滨东南隅的阿城，只为寻找一段久远的历史，一段儿时经常萦绕脑海的记忆。

小时候，我总喜欢跟邻居家玩得很好的哥蹲在家门口的池塘边，听当时很红火的一部评书——刘兰芳播讲的《岳飞传》。

她铿锵而形象的声音，给儿时的我留下了非常深刻的印记。评书里，精忠报国的岳飞，让金兵闻风丧胆的岳家军，以及金兀术气急时唔呀呀的叫声，至今还犹言在耳。

直到今天，我犹如做梦般而又真切地站在金国曾经筑起的城墙——现在一片连绵颓废的荒土堆，认真地打量这里：空阔的天空，枯黄的树木，田野呼啸的风，地头正在脱粒的金黄玉米，沉默无语的遗址，透过时空的隧道，感受那一段惊心动魄、鼓角争鸣的岁月。

现在的阿城，是当年的女真族与金国的发源地，它博兴于黑龙江、松花江流域及长白山地区，金国最初定都于此。这里，曾让辽国覆亡，也让中原王朝北宋急剧动荡，那时的金兵大举出击，掠走徽宗、钦宗，北宋灭亡，此为“靖康之耻”，中原的历史由此改写。

在金国的发展史上，有两个人物至关重要。一个是完颜阿骨打，金国的开创者，一个是他的第四子——完颜宗弼，也就是评书里的金兀术，他不但跟随父亲破了辽国，而且也是灭亡北宋的主要力量。也正是他，以战促和，并提出“必先杀岳飞，方可议和”，最后让南宋屈服，不仅害死了岳飞，还对其称臣纳贡。当然，他也遭遇过黄天荡、牛首山的挫败，一生输赢无数，常胜将军难寻。

完颜宗弼文韬武略，异常彪悍，曾多次率军南侵，致使中原地区和江淮一带生灵涂炭，给百姓带来深重的灾难。而他也绝对没有想到，若干年后联宋攻金的蒙古人，竟然同样血洗他们的都城汴梁，像当年他们屠杀北宋王公贵族一样，包括金朝太后、皇后在内的皇室宗亲500多人，在被[illegible]一查验后尽被斩杀。

从公元1028年到公元1133年，时光流逝了105年，仅仅一个世纪多一点，在同样的地方，竟然又上演了同样悲惨的一幕。只不过，一百年前的悲剧主角是北宋皇族，而现在的悲剧主角正是当年胜利者女真皇族的后代。

已经作古的完颜阿骨打和完颜宗弼，如果地下有知，一定会是万分痛恨而追悔莫及的吧，而历史有时就是这样搞笑和反复。

当然，在宋朝也有两个被大家铭记的人物，一个是岳飞，另一个是秦桧。岳母刺字的故事，我们耳熟能详，“精忠报国”则是岳飞一生践行的准则，面对外敌入侵，岳飞和他的岳家军积极抗战，并多次大败金军，以致让金国视为眼中钉、肉中刺，必除之而后快。于是，就有了十三道金牌，就有了风波亭，就有了“十年之功，废于一旦”以及《满江红》：“靖康耻，犹未雪，臣子恨，何时灭……”

而那个只想苟安，做了帮凶，谋害了岳飞的秦桧呢，却落得了遗臭万年的千古骂名。历史，就是这样比照着，老百姓心中是有一杆秤，而是非功过与成败，后人自会评说。

站在金上京历史博物馆，我犹如穿行在历史的丛林里，回顾着金国的崛起、中兴与衰落，想象着一个民族的命运与流离……

下午的阳光，透过秋后稀疏的树林，斜斜地洒下来，我又来到完颜阿骨打高大而圆圆的墓冢前，看墓碑上斑驳的字以及斩将台，回味这里曾经的惊心动魄，内心感慨良多：历史总是由强者书写，而历史又会以种种形式给予还原。

是的，当历史的烟云慢慢消散，朗朗的晴空又会是一片澄明与清静。

2015 年 10 月 20 日　哈尔滨阿城上京会宁府遗址

印象海南

上学时，我对海南的印象，最早来自于一张黑白报纸，报纸的名字我已想不起，但我依然清晰地记得，画面上的椰林与沙滩，以及画着五线谱的《请到天涯海角来》的歌词："请到天涯海角来，这里四季春常在，海南岛上春风暖，好花叫你喜心怀，三月来了花正红，五月来了花正开，八月来了花正香，十月来了花不败……"后来，又听到一位女歌手演唱这首歌，于是，海南岛就开始在心中驻足，直到有一天，我真切地来到海南，用心感受她。

一、椰子树

第一次到海南是在 2007 年 11 月，由于下飞机时天色已暗，去酒店的路上，只能影影绰绰地看到路旁的椰子树，而第二天讲完课，又行匆匆飞乌鲁木齐，海南只给我留下了并不清晰而模糊的印象。

直到第二次来岛，主办方安排我住在海边的酒店，于是，抽空溜出来，踩着松软沙滩，听忽远忽近的潮声，看湛蓝的海水，我才真正地感受到海南的美。我甚至拿出手机，录下大海犹如喘息般的退潮和涨潮声，与她近距离对话。

在海南，几乎到处都可以看到椰子树，外形有点像棕榈树，它就站在路边，直直地，就像守护的卫士，它的叶子，有点像芭蕉，树皮则有些光光的，而如果来的是时候，还能看到青青的紧蹙的椰子挂在树上，很是好看。多少次，走在海口的大街上，我都停下脚步仔细端详，看它是如何成为海南“省树”，甚至海南标志的。有时，就像这次，我还走在海滩上，在明亮的阳光里感受椰林的婆娑，而如果是在傍晚，那就有更美的景色，椰林、斜阳、海滩上三三两两的游人，平静的海水，恍若画中。

夏天的椰子汁，甘甜爽口，如果冷冻一下，口味更佳。椰子肉也是不错的，吃起来，很香的感觉。在树荫里，喝着椰汁，吃着椰肉，看远方的风景，那是一种心旷神怡的感觉。

二、三角梅

三角梅，是海南“省花”。

在炎热的七月，在高速公路旁，田间地头，或大街两旁，它们随处可见。三角梅的叶子，有点像铁树，细而长，它们在炎热的夏季，浓烈地绽放。

我第一眼看到它，那满树的红彤彤格外耀眼，我还以为是木棉花。走近了才发现，同样的火红或艳红，但它花瓣明显要小些，有些像喇叭花，它们簇拥着抱在一起，犹如永不分离的姊妹花。

三角梅的花语，象征着热情、坚韧不拔以及顽强奋进的精神，让我想起海南自1988年建省以来蓬勃的经济发展，以及1974年的中越西沙海战，想起勤劳、淳朴的海南人民，以及英勇的人民军队，想起海南的海防地位……

海南海口（古称琼山县），还是明朝清官海瑞的故乡，海口市西郊滨涯村，有海瑞墓，海瑞墓室后有“扬廉轩”，其亭柱上挂有海瑞写的对联：“三生不改冰霜操，万死常留社稷身”。彰显了海瑞一生的品格与操守。

海南文昌县，还是伟大的爱国主义、民主主义、国际主义战士，举世闻名的20世纪的伟大女性宋庆龄的故乡。在五指山区的琼海，还曾流传着琼崖支队“红色娘子军”的故事……

儋州，还是苏轼被贬之地，在“桄榔庵”（现称为“东坡书院”），你能看到当年他在谪居儋州三年的时光里，“食芋饮水，著书为乐”的情怀，留下了“九死南荒吾不恨，兹游奇绝冠平生”的佳话。

三、三亚的海

三亚的海，也许是我见过的最美的海了。

它的美，在于辽阔与浩瀚。无边无际，望不到尽头，有的则是海天一色的蔚蓝。三亚的海，还是明亮的，也许是地处热带，太阳直直的有些刺眼，照在海面上，随着卷起的浪花，犹如千堆雪，发出迷人而耀眼的光芒。

“天涯”与“海角”，就在海边对望着，“南天一柱”立在海边，犹如一道天然的屏障，让你既能感受翻滚的浪花，又能体验一侧海滨片刻的安宁。海石是突兀的，被海水冲刷得干净而光滑，它们静卧在海水里，感受大海的心跳与呼吸。

这里的海水也是清澈的，它们在椰林的靓影里，在海风的轻拂下，一波波涌向海岸。海鸥们去了哪里呢？是在石崖里做短暂休憩吗？还是飞向了海的另一边？

我在海滩上漫步，感受从海上吹来的风，以及夏季这难得的清静，我站在椰林下，遥望远处的海，这不是我心中一直念叨的海吗？我问我自己。此刻，我就在它的身边，却恍如隔世，让人不敢相信它的真实。

其实，人生犹如一场梦幻，但这个梦幻是绚烂的，是瑰丽的，指引着我们前进的方向，让我们永远在路上。

2015 年 7 月 5 日　海南三亚世纪豪庭酒店

夜游黄河楼

宁夏吴忠青铜峡市的黄河，是我见到过的最美的黄河。

也许是时值夏季汛期，黄河的水裹挟着黄色的泥沙，滚滚向前。与宁夏友人驱车行驶在浮桥上，分明感受到奔腾的水流带给我们的震颤，也让我想起李白“黄河之水天上来，奔流到海不复回”的豪迈。

与这种雄浑和磅礴大气不同，途经的黄河公园，却是一派旖旎的乡野风光。且不说黄河湿地生态园蓬勃的绿树、花草，单单是伫立在黄河中央高出地面九层的中华黄河楼，就是一道美不胜收的风景。

远远地，我们就看到，在黄河楼的西北侧，是一座站立的黄河女神雕像。她很高大，应该有十几层楼高，长发飘飘，脚踩莲花，穿着薄薄的落地衣衫，袒胸露乳，一手托着麦穗，一手托着书简，她是不是代表着黄河五千年的农耕文明与诗礼文化？

中华黄河楼，是由主楼、角楼、牌楼、十二生肖图腾柱、镇河铁牛等附属建筑和雕塑组成，门楣上写着“大哉黄河”的牌楼，正前方就是中华黄河楼了。继续前行，可以看到楼前的镇河铁牛，复制的是唐开元铁牛形象，向楼里看，巨大的 LED 显示屏上，正播放着咆哮的黄河翻腾的景象。

此时，天色慢慢暗下来，不知何时突然亮起的满楼金黄色的灯光，让这座在黄河淤积黄土的基础上建造起来的仿明清塔楼，一下子变得美轮美奂。

黄河楼一楼大厅，是宁夏黄河博物馆，全面展示了黄河文化、灌溉文化、农耕文化、回族文化以及黄河新韵等，通过 3D 技术，震撼地再现了几千年来从耳熟能详的大禹治水、到不屈的人民治理、开发黄河造福人类的历史。随着脚步的移动、导游的解说，我们的眼前犹如在放一场穿越时空的水幕电影，从黄河的发源到文明孕育，从诸多王朝沿河而建到黄河历史上多次改道，再到黄帝、炎帝这些中华始祖……再现了四大发明、丝绸之路，还有灿若星河的先贤、先哲，孔子、老子，张衡、蔡伦……

黄河楼里，还展出了灿烂辉煌、绚烂多姿的中华文字、陶瓷、宁夏风土人情、大漠文化……这翻过的一页页，让人感叹中华民族的伟大与壮丽。

站在黄河楼顶，扶栏凭眺，蜿蜒的黄河在灯光、晚霞的映照下，多姿多彩，如梦如幻，这，也是祖国美丽河山的缩影。

黄河两岸，金碧辉煌，而俯视近处的小桥流水，亭榭楼台，在瑰丽的五颜六色的光影里，仿佛一块块或明或暗的美玉，玲珑剔透，散发出迷人的光芒，让人乐不思归。

此刻的黄河是安静的，犹如沉睡了一般。此时，已看不到岸上人影的晃动，可我却仿佛听到了黄河的私语，似在叮咛，又似在嘱咐。

是啊，“天下黄河富宁夏”，从上游黄土高原冲刷下来的黄土，几经回转，在这里淤积成了富饶的土地，让这里盛产闻名全国的枸杞、甘草、沙枣等，成了名副其实的塞外江南。

从黄河楼走出来，我们到了岸边广场一处回族露天餐厅，坐下来，细细品尝这里的羊肉串、羊蹄筋等烧烤美食，与好客的友人畅饮冰镇的啤酒，畅谈着黄河的悠悠千古往事。

风从黄河吹来，清凉，舒爽，在一杯杯沁着水珠的啤酒的作用下，我竟然有点微醺了，回望璀璨的黄河楼，回想勤劳、勇敢、坚强的中华儿女，心情，此刻竟然有些莫名的悲壮。

九曲黄河哺育了华夏文明，是中华民族的摇篮与家园，可她却又多灾多难。黄河啊，母亲，无论经过多少变迁，华夏儿女都会偎依在您的身边，以无比的斗志为您争光，让您欢颜。

2016 年 7 月 13 日　宁夏吴忠

流年匆匆

雅致人生

雅致人生，一直是我追求的。

我总在想，一个人在解决了生存的危机后，是不是可以让自己变得更优雅一些，精致一些，甚至脱俗一些。

雅致也许跟金钱并没有多少必然的联系，君不见多少所谓的有钱人，在华丽的光环之下，生活却过得一团糟，它应该跟一个人的价值观、境界、品位、素养有关，或者说跟修为有关。

我想陶渊明应该是雅致的，安贫乐道，即使住在深山老林，茅屋一顶，也能吟出“采菊东篱下，悠然见南山”的优美诗句，知足常乐，是内心的一种淬炼与升华；我想作为教育家、艺术家的李叔同也是雅致的，情感异常超脱，面对落魄好友远去的背影，站在雪地里竟能待上一个小时，转身回屋写出了世人传唱的《送别》：“长亭外，古道边，芳草碧连天……”他重情重义的形象跃然纸上。

具有经纬济世之才的诸葛亮，也称得上是千古雅士，他隐于风水宝地卧龙岗，读书会友，激扬天下，于悠悠岁月之中，运筹帷幄，从而做出三分天下的论断，出山前的卧龙，耐得住寂寞，安享时光带给自己的惬意。

雅致，是一种心境。繁忙的工作间隙还能抽出一点时间去喝功夫茶的，算得上是一种雅致；在喧嚣的社会，能够保持独处和清醒，是一种雅致；在熙来攘往的红尘，不流俗是一种雅致；明月清风，静听花开是一种雅致；观大漠落日，云卷云舒是一种雅致；孤灯一盏，让书香弥漫是一种雅致；凡世纷扰，不随波逐流的遁世，亦是另一种雅致。

雅致，是一种淡然，古人说得好：“淡泊以明志，宁静以致远”“穷则独善其身，达则兼济天下。”雅致，就是将名利与物欲置之度外，权力使人蒙蔽，金钱让人疯狂。金钱是必要的，但决不做它的奴隶，有自己的志向，专注喜爱的事情，顺便赚点钱，不短浅，不急于求成，亦不局限于一时一地，此应称得上优雅之境界吧?

雅致，是一种洒脱，虽然看透时势，却还能保持对生活美的向往；雅致，是一种练达，能够适时保持自我与明丽；雅致，是一种心灵的寻觅，在真真实实，虚虚假假里，能够明辨自己；雅致，还是一种内心的坚守，不迷失，不放纵，从而保持内心的坚韧与温柔。

雅致，让一个人精神强大，能够时时保持内柔外刚；雅致，也让一个人清新，在如水的岁月里，依然能够保持内心的那份恬静与纯真。

2015 年 12 月 11 日晨　安徽芜湖长江畔

且行，遇见最好的自己

生命之花，是短暂的，在葳蕤的人生季节，且行且珍惜，也许不经意，就能遇到最好的自己。

一个人呱呱坠地，那一声石破天惊的啼哭，也许是父母最欢快的时刻，最欣慰的狂喜。当你睁开清亮的眼睛，好奇地打量着这个多彩的世界，此时的你，也许是襁褓里最好的自己。

当你蹒跚着脚步，当你牙牙学语，当你咯咯的笑声传满屋子，当你叫出爸爸妈妈，当你张开双臂挪动着脚步，那稚嫩的奶声奶气，甚至跌跌撞撞，在父母的眼里，都是人间最动人的美丽。

你上学了，无论是幼儿园、小学，哪怕你不聪明，但很用心，即使你很顽劣，却还知道勤奋，学习成绩不是唯一的考量，能够健康与快乐地成长，仍是最好的自己。

中学、大学，是一个人生涯中重要的关口，哪怕考上的并不是最好的，别泄气，有一颗进取的心，与人为善，懂得包容，用一颗友爱的心很好地与人相处，用勤劳的双手去争取你所想要的，用热血浇灌青春，哪怕你匍匐在社会的底层，只要你是喜欢的、热爱的、付出的、知足的、开心的，仍是最好的自己。

最好的自己，跟父母、出身、背景、性别、年龄、身高甚至先天条件等，都没有必然的联系，它取决于你的生活态度，还有对这个社会的认知和价值。

不要抱怨社会的不公，这个社会没有绝对的公平，但可以抓住的机会随处可寻，放下身段，抛开面子，大胆奔赴你的前程和理想，即使失败，即使被现实撞得头破血流，只要尽力了，你仍是最好的自己。

成功没有所谓太迟，但一个人一定要有觉悟。盛年不重来，最美的生命之花不会常开，在不同的季节，你要绽放不同的色彩。

一颗有生命力的种子，不会嫌弃栖身的瓦砾堆。破土时，就要努力汲取阳光雨露，并经受狂风暴雨，让自己更为茁壮；成熟时，要勇于低下头颅，谦逊，也许会让自己少些迷惘。

遇见最好的自己，就是不要虚度光阴，徒增懊悔；遇见最好的自己，就是即使在孤单的岁月里，也要像向日葵一样，向着太阳，高傲地活；遇见最好的自己，就是要学会感恩，学会分享，为这个社会发出自己力所能及的热和光。

遇见最好的自己，就是让自己人生坦荡。韶华易逝，让回眸一笑照见曾经的过往。

2015 年 12 月 23 日　南阳白河畔

从容，是一朵闲适的云

时光总是匆匆，而岁月诗意朦胧。

如果有时间，哪怕一丁点儿，我希望所有的安排都能够提前准备好，这样，可以让自己更从容地面对接下来的事情，保持内心淡定与恬适，去做一个更好的自己。

我算得上一个远游者吧，当我背着行囊，推着行李箱，行走在世界各地的大街小巷，感受异乡的市井人生，内心总充满好奇与欣喜。

就像此刻，我，一个外乡人，站在天津的街头，打量着这个有些古老而又不乏活力的城市，走进意大利风情街，品尝着狗不理包子，以及正宗的石磨煎饼果子，喝着奶茶，坐在藤椅上，悠然地聆听对面街上传来的音乐声，看街道上形形色色的人，不时地来来往往。

我就喜欢在有阳光或下雨的日子，哪怕微风作陪，都想到外面走一走，不为别的，只想有暂时的休憩或观览，寻觅内心的那份清静与安逸。

在熙熙人潮中，融入世俗生活，是一种智慧。而跳出喧闹，以局外人去看这纷扰的世界，也许更多一份禅意与冷静。

我，总喜欢用自己独特的方式，比如，脚步、眼眸、我手中的笔、一颗不安的心，记录生活的点点滴滴，这些构筑了我生命未来的底色。

增添生活些许亮光，不为取悦别人，只为充盈自己的人生。

就像这蜿蜒的海河，它以自己的姿态，在华北这片大地上默默流淌着，它不言语，但却有力，一旁的高楼大厦也好，树木花草也罢，都是它美丽的点缀。

也许是在美丽的五月，河岸上五颜六色的郁金香，开得浓郁，空气中散淡着花的香味，一种叫不上名字、叶子呈淡黄色的树，一排排，集簇在一起，格外炫目。

河水到底流向了哪里？它在进入大海的那一刻，会是一种怎样的广阔与壮观，我也许难以想象，但我知道，它是以自己真实的状态存在与奔流，没有一点矫饰。

我是喜欢这里的湖的，我多年未见的芦苇，此时正以最美的挺拔身姿，最俊俏而颀长的叶片，以最团结的方式，高低不一地齐齐出现在我的面前。去年，在另一个地方，我曾看到它衰竭的颜色，而今夏，却领略它最蓬勃的生命时刻。这里的生态，应该算是很好的吧，可以看到湖里的小鱼在畅快地游，偶尔，也有细细的弯着身子的水蛇浮上水面，转而又悠悠地钻入水中。

湖水是清澈的，映出天边的朵朵白云。其实，我是很羡慕天边那飘逸的云的，它们无拘无束，自由自在，它们比风轻，似水柔，它们变幻成各种各样的形状，像蘑菇、棉絮、白色的地毯，有时又像高山、深谷、平静的海面。

它们静如处子，洁白如莲，它们是有故事的吧，跨越千山万水，经历风风雨雨，于是，才有了朝霞与晚霞，才有了积淀，才有了现在的从容与淡定。

抽出些许时间吧，规划好人生的路径：每一年、每一季、每一月、每一天、每一时，甚至每一分、每一秒，以一颗积极、向上的心，悦动事业的舞台，激情演绎属于自己的精彩。同时，也以一颗从容、洒脱的心，淡看凡俗尘嚣，保持真实自我。

其实，世间去留无意，安然便好。

2016 年 5 月 24 日　天津海河畔滨海新区中心湖滨

有一种感念，叫善言

在各地游走，常感怀于一些人与事，它们总让我无端地生出诸多感慨来。

由于职业习惯，我经常穿着西装。在一些机场过安检时，大部分都是听到命令式的“脱下你的外套”“外套脱一下”等，特别是在冬天，脱掉了外面的风衣，对方还让继续再脱下去。有时急了，就会问一句：“请问，民航局有没有规定，必须脱掉西装外套？”或“请您出示民航局有关脱掉西装外套的文件”，对方语塞，也不说话，打着手势，或小声说“走吧，走吧。”

我并不是有意难为人家，只不过感觉这种板着面孔，机械式的一直让你脱的话语，让人感觉不舒服。既然国家民航局没有规定必须要脱掉西装外套（外面穿的棉袄、大衣等外套是需要脱的），你又何必多此一事，是为了自己检查方便，还是闲着无事仅仅是为了增加乘客的麻烦？

但有一次，我却主动而心甘情愿地脱了，为什么呢？当我安检时，安检员微笑着对我说：“先生，方便不方便把外套脱一下？”那一刻，我感觉自己受到了尊重，人家是用征询式的话语与你交谈，让你感到温馨，让你无法拒绝。当然，很多次，我都按照对方要求，脱下了西装外套，但我总是不经意想起那次让人难忘的愉快经历。

还有一次，我在四川峨眉山讲完课，坐高铁到成都双流机场，也许是当时买的票显示没有座位，上了车，我就站在两节车厢的连接处，从包里拿出一本杂志，慢慢翻看。

“先生，我能看看您的票吗？”一位女声飘过来，抬头一看，胳膊上挂着牌子，是女乘务长，我掏出票，递给对方。

“先生，您跟我来。”对方边微笑着对我说，边在前面带路，“您可以坐这里，这里没人。”她指了指离车厢连接处不远的一个靠窗的座位，对我说。

“好的，非常感谢。”我坐下来，那一刻，一股温暖涌上心头。让我突然感觉四川高铁人性化的服务真的很贴心，甚至让人感动。

古语说：良言一句三冬暖，恶语伤人六月寒。一句善意的话，一句贴心的话，一句关怀的话，都会让对方感记在心，念念不忘。

这么多年来，在我的笔记本上或电脑里，保存有很多老师、同学和朋友在不同的时期给予我的诸多鼓励的话，这些话语，我经常翻看，它们也时常回旋在我的脑海里，给我压力，给我动力，让我不敢懈怠，让我偶尔回味，充满感念与温馨。

晚清著名的红顶商人胡雪岩曾说，前半夜想想自己，后半夜想想别人。也许，站在对方的角度，我们会更多一份体恤，也会更多地为对方着想，如此，人世间又会多出多少和谐，又会有多少感动呢？

2015 年 5 月 20 日　广东中山国防训练基地

有一种心境，叫淡然

五月的天气，是多变的，尤其是在一天都下好多场雨的南国。

我早早来到机场，但却被告知，航班延误。“又延误，现在航班晚点叫正常，不晚点，不正常。”我自嘲一声，托着行李，去找一个可以观赏风景，而又相对安静的地方。

机场外，雷雨大作，机场里，人潮鼎沸，就连地上坐的都是人，空气里，弥漫着焦灼与不安。这是进入五月份以来，遭遇到的航班大面积延误或取消的第二次了，我找到一个靠着天窗的座位坐下，拿出随身携带的书，静静地看，沉浸于书海，与作者对话，是一件非常惬意的事。

航班晚点，我早已视为家常便饭，所以，也就习惯了这种氛围。很多事情，是不可强求的，就像航班受大雾、雷雨天气影响一样，我们不可能不顾安全，非要起飞，既然改变不了，不如顺势而为，做一些可以做、能做而又有益于未来的事情，就像趁这个机会可以读读书，也为这个难挨的时光，增添一些等待的乐趣。

俗语说，人生不如意事十有八九。但我认为，能够保持淡然，适时放下，便别有一番洞天。

在全国各地讲课，由于文化、习俗、客户处事方式等的不同，接待千差万别。比如，北方的热情好客，让你受宠若惊，但也有南方契约为先，不讲太多礼节的。既有山珍海味，也有粗茶淡饭。对于老板亲自接机，吃饭也要找人作陪，非常讲究的，不妨称之为尊师重教，诚恐诚惶。对于自己打车到酒店，对方给予报销，在客户食堂就餐，或送饭菜到房间，来去匆匆，而又没有多少交集的，咱理解为“三里不同俗，十里改规矩”。南北文化差异，即使招待不周，也就权当人家太忙或终于有了一次减肥的机会，心境淡然，一切都可化解。

五一假期出游，车停在小区门口路旁吃早点。回来开车时，发现前挡风玻璃裂了一条纹，一时顿感懊恼，这是过路人砸的，还是高空坠物？不得而知。后转念一想，这也是好事啊，国家不是提出拉动内需吗，这换一块玻璃，把生产商、代理商、物流商，还有维修工等环节都拉动起来了，这不是为国家经济发展做贡献嘛？想一想，事情已经发生，我又何必为打翻的牛奶哭泣？并且，此事竟然还能为这个社会增添一点驱动力，不是坏事变成好事了吗？如此，反而释怀了。

人生在世，需具有三力。一是突破力，即能够突破自己的心智、经验，等等，让自己与时俱进，跟得上时代的潮流，有破才有立，在破立中感受生命价值的升华；二是改变力，如果我们是一棵小树，就应该努力茁壮成长，如果长成参天大树，就尽可能多地提供绿荫，如果是一片树林呢，我们就勇敢地改变一方气候；三是适应力，改变不了的就学会适应吧，风雨雷电，你能改变得了吗？在浩渺宇宙面前，人定胜天，只不过是一句呓语，与其莽撞，不如顺应时势，学会适应。适应是一种能力，南甜北咸，东辣西酸；南方的潮湿，北方的干燥；南方的旖旎，北方的粗犷，适应了，淡然了，一切都充满诗情画意。

有一首《莫生气》歌，歌中唱到："人生就像一场戏，因为有缘才相聚……为了小事发脾气，回头想想又何必。别人生气我不气，气出病来无人替。我若气死谁如意？况且伤神又费力……"其实，凡事想开了就是天堂，想不开就是地狱。但凡人间尘世，与其耿耿于怀，斤斤计较，不如坦然微笑，拿起放下。如此，便会拥有诗意人生。

2015 年 5 月 11 日　广州花都区九龙湖度假区

大海的思念

想必，我是思念大海的，不然，为何一到有海的地方，我就那么迫切地想见一见。我甚至夜晚打开窗户，在睡梦里聆听涛声，这是不是一种呼唤?

早晨，我六点起床，在渐次熄灭的灯火里，搭车来到琼州海峡。此时，天刚蒙蒙亮，四周是安静的，偶尔有晨练的人从身边跑过，而大海就展现在我的眼前。

大海，已经醒过来了，此刻，她一波一波地涌上岸边，泛着雪白的泡沫。她是温柔的，也是宽厚的，她把五颜六色的贝壳留下来，而又匆匆、悄悄地溜走。

椰林，是这里的主人。椰子树静静地在岸边直立着，伟男子一般的身躯，光洁的树皮，排得很密的细细的叶子。它是高大的，凝望着大海，任海风轻抚，尽享爱的私语。

朝阳，从大海里缓缓升上来，红彤彤的，有些醉人，把天边的云彩和建筑物也染红了，沙滩一片金黄。我俯下身子，看脚下的沙粒，它们是那么的细小，可粒粒都是发光的，沙滩留下了我的脚印，有深有浅，可海水漫上来，一切又复归从前。

也许是清晨海上的雾气，我还看不到海峡的对面，据说是要中午才能看得到对岸的，但作为大陆架下沉形成的海南岛，我想一定是怀念陆地的，海岛是陆地离散的孩子吧，她是不是每天都在翘首北岸，就像儿女一样思盼母亲?

海鸥，是大海的精灵，在大海广阔的空间里，它总能任意翱翔。海鸥，也是大海的孩子吧，你看它总是在大海母亲的怀抱里自由地歌唱。它也一定是开心的，不然，身姿为何那么矫健，歌声也总是那么婉转?

白云，应该是大海的伴侣吧，不然，为何有大海的地方总有白云朵朵?白云是轻盈的，应该是大海白色的薄纱，她装点着大海的梦，让大海变得绚烂和繁华。

太阳升高了，大海变得开阔和明亮起来，我看到远处的船在起锚，椰林，也开始在晨风里起舞，海岸开始忙碌起来，我踩着沙滩，迎着太阳，在打鱼的号子声里，去做一个夸父追日的梦……

2015 年 11 月 12 日　海口琼州海峡

风雨人生

雨中的山，潮湿而充满情趣。

山，更加的苍翠，白色的雾霭，缠绕在黛色的山顶，点缀得恰到好处，让人想起亲密不可分的恋人。

雨，下得并不算大，拾阶而上，可以看到雨细细敲打在青石板溅起的小水花，而一旁的灌木丛，在雨水的滋润下，更加的青葱与富有气息。

这里的山是连绵的，并不雄伟，裸露的岩石，犹如玉女的肌肤。不同的是，它是经过千万年太阳暴晒、风雨雷电洗礼过的，因此，更加的成熟与风韵。它是山的风骨吧，山，如果没有岩石，就不再成为真正的山；山，是需要经过淬炼而有内在灵魂的。

嵖岈山，是豫南一座神奇的山，《西游记》曾在这里拍摄取景，远处那座若隐若现犹如石猴的山顶，是不是他们驻足的地方？当年的经典，曾在这里演绎，这里还有没有当年他们的足迹？

《西游记》作为四大名著之一，深深影响着一代又一代国人。师徒四人不畏艰险，历尽坎坷，风栉雨沐，终成正果，给我们带来了诸多精彩而又有启发的感受，但让我思考更多的，却是那种排除万难的大无畏精神与气概，以及超越自我，克服一个又一个困难，迎来一个又一个胜利的激情喜剧人生……

雨，越发的大了，随着攀缘高度的增加，风也愈加的明显，我拿着的雨伞，总是在我张望的刹那，被风吹向一边。可山是不高的，远远地，我甚至看到山顶雨雾中那座红色的亭子，那是一个什么地方呢？有没有不老神仙传奇的故事？那个可以望得到的山顶呢？有没有不一般的风景？

我想着，向上走着，一定要上去，我暗暗下着决心，无论风再大，雨再狂。因为，我已经看到了山顶，那是我心中渴望的地方。

其实，演讲间隙，我曾攀爬过很多地方的山，有低矮的，也有高耸的；有陡峭的，也有平缓的；有风和日丽，也有狂风大作；有炎炎日头，也有傍晚雨后。我想体验不一样的风景，犹如体验百味人生，酸甜苦辣，尽在心头。而风雨人生，才让生命更饱满，而没有缺憾。

山野的风，在雨的淋漓下，清新而粗犷。多少次，我手中的伞被吹翻，而让我袒露在雨中，而此刻的雨也变得狂躁起来，它们扑打在我的脸上、身上，溅湿我的衣衫，阻止我前行的脚步。可我的心，是坚定而快乐的，因为前方，有山岚，有诗，还有梦。

途中，我有时放弃雨伞，因为风大的时候，它会成为一种牵扯，犹如温暖的巢有时也会成为前行的负担。我走过一个个石阶，犹如走过一个个日子，有欢快，也有苦涩，偶尔也有迷茫，但更有征服的欢畅。我渴望风和景明，但经历狂风暴雨，会让我们的人生与众不同。

我终于站到了山头，那个有着红亭子的地方，我又从一个山头到另一个山头，看着有些苍茫的山谷，感受风的豪爽，雨的骄傲。我的衣服已被打湿，可我内心又是如此火热与自豪，“赢在过程，乐在其中”一直是我践行的人生目标，我选择，我欢乐。

下山时，已是黄昏，雨幕笼盖着四野，俯视山下，我看到灰白色的建筑群里，星星点点，闪烁着昏黄而迷人的灯光。我欢快地下山，让我轻快的脚步回响在山谷，让我的心荡漾在这片连绵的群山中吧……

2015 年 6 月 23 日　遂平嵖岈山温泉度假小镇

晚霞与落日

偶尔，我喜欢站在山顶，或倚在烽火台上，看红彤彤的落日，以及天边那抹或浓或淡的晚霞。

这个时候，山林往往已经归于宁静，急于归巢的鸟，在林间翩飞着、鸣叫着，也有顽皮而可爱的小鸟，天黑之前还在尽情而欢快地翱翔。其实，它们对于生活的热爱一点也不亚于人类。

如果是在江南，哪怕是在秋季，漫山遍野的翠绿装点着湿润的黄昏，整个自然界仿佛就是一幅水墨的画。

远处的建筑物或码头，鳞次栉比；蜿蜒的长江；就像镶嵌在大地上的一条玉带；山上的寺庙回避了喧嚣，在暮鼓声声里迎接着黑夜的到来。

即使是在辽阔的大西北，同样是秋季，却是不一样的景象。通往山上小路的野草已经干枯，一排排高高的杨树林，枝叶也许缺少水分，也坦露出衰败的褐色，一些山通常都是光秃秃的，放眼青色的山石，裸露着，接受着来自四季，尤其风霜雨雪的侵蚀。

在依依江南里，我能领略那抹红艳的晚霞，它在不远处山下，那一汪汪碧水的恬静里，在暮色四起的山野里，和着稻田里的水牛，凝固成一幅江南画卷而变成永恒。

在四季分明而苍凉的北方呢，傍晚通常更加的寂寥，落日下的天幕，一片空旷，那抹红黄相间的晚霞浅浅地挂在西方的天际，大漠、落日、炊烟，粗犷而豪放的天地，让人备感神奇而又异常神往。

它们在时空的不同里，呈现着不一样的颜色，表达着不一样的心情。晚霞，应是天空穿着的最靓丽的衣裳吧，是一天中变幻的最美丽的颜色。落日，应该是它的画笔，天际，则是它的画布，它们应该也是一对恋人吧，彼此相依，深情凝望，在浩渺的宇宙，任意地涂抹，只为留下最美的瞬间。

我喜欢在苍茫的夜色里踏上归途，伴着山林里回旋的飞虫，聆听着路旁丛林里虫儿的鸣叫，嗅着花草清新的气息，抑或在满天的星斗下，在稀落的树丛，浮起的暮烟里，看前方那透着温暖的点点灯火，欢快如雀跃的小鸟。

晚霞是落日给大地的彩礼，是一天里留给世界最难忘的记忆，虽然短暂，但却让人久久回味。

2015 年 10 月 9 日　张家港香山

林荫深深

在深秋的南国，攀爬一座小山是一件快乐的事情。

你看，蔚蓝的山顶上空白云朵朵，风轻而不冽，整座小山则被一望无垠的苍翠所覆盖，说它是天然氧吧，一点都不为过。

因为山并不高，所以，你心里可以没有任何的负担，你就慢慢地沿着石阶，随心所欲。你可以有目的，也可以完全随意，哪里有路尽可往哪里。

也许南方一年四季草木茂盛，所到之处都有绿荫迎你。你也不必拘束，可以任意走进一处山林，看浓密的枝叶在头顶招展，看五颜六色的花朵恣意开放，如果你很友善，甚至可以聆听小鸟的欢笑，它们并不怕人，有时还在枝头为你舞蹈。

如果你走进丛林深处，除了遮天蔽日的浓荫，还会发现一汪碧水，可以蹲下身子，不要管它从哪里来，只需感受它的深幽与清静，体验如水的光阴。如果幸运，你甚至可以在湖边看到翩飞的蝴蝶，她们穿行在丛林和花朵间，湖水是她们的梳妆镜，她们是那么的怡然自得，让你好生羡慕。

林荫深深，茂密之处，必有稀奇，你可以看到已经不知多少年的树木，或挂在枝头红透的野果。透过路旁的灌木丛，也可以看到山谷里厚厚堆积的落叶，它们在静谧的树林里生长，又默然地回归大地，年复一年，让你意识到生命的短暂以及人生的意义。

当然，你也可以寻到一处木椅或石凳，那么，放心地坐下来吧。抬头，看光线透过密密匝匝的树叶，线一般地射下来，就照到你的身旁或脚旁的土地上。如果到了山顶，树木通常是稀疏的，你可以看到蓝蓝的天，耀眼的日头。如果是在傍晚，则可以看到满天的星辰。如果累了，你就随意坐在裸露的石头上，向开阔的远处眺望：并立的山头，或流淌的河流，或浓缩成一处的城市建筑，人世间的繁华与落寞尽在你的眼底，尽涌入你的心头。

如果有朋友相随，那是一件非常开心的事。一路上，可以聊聊当地的风土人情，亦可以谈谈旅途感悟；可以讲故事，亦可以说笑话，甚至可以对着山谷大声吼几嗓子，满山的回声让你兴奋。大家彼此启发，砥砺前行，不知不觉就越过一座又一座山头，让你感叹，人生旅途有一些聊得来的朋友，真乃生命中的一大幸事。

一路豪气上山，欢声笑语下山，那种酣畅淋漓的感觉让人释怀和难忘。人生，难道不需要这样意气风发、指点江山、挥斥方遒的感觉吗？

林荫深深，清凉的是心境，美丽的是内心，感怀的是过去，迎来的是古今。人生的快意，莫过于此！

2015 年 11 月 17 日　广东中山浮虚山

泉水与月光

第二泉的泉水，一定是快乐的，在唱着叮咚的歌。

惠山山顶的月光，也一定是皎洁的，洒着清冷的光辉。

我似乎看到你，阿炳，披着满身的秋霜，踉跄着脚步，在街头流浪，世事纷繁，只有你苍凉的二胡声还在纷扰的尘世回响。

泉水幽幽，小溪潺潺，满山的秋虫应是你知心的伙伴，静栖的小鸟也停止了飞舞，它们应是你最忠诚的听众。整个森林，似乎都在听你演奏，它们静寂着、陶醉着，倾听你指缝里流淌出的悠悠艰辛岁月。

阿炳，你的那把家传二胡，已经破旧不堪了吧？可它隐藏着你不为人知的身世：私生子，少而丧母，因为吸食鸦片和感染梅毒而导致的眼疾，直至失明……

你的二胡声里，传递出太多人世间的无奈、哀婉、凄切，那是你流落街头的悲怆心声吧。你曾青春洋溢，可你也被无情抛弃，可音乐是钟情于你的，你内心里绽放着对生命和生活的热爱，于是，你把这些都倾泻在了《二泉映月》里。

你是贫瘠的，颠沛流离；你也是寂寞的，你的世界少有人来；可你又是丰盈的，因为你的生命里充满了悲壮的歌声。

你是在为自己的命运啼血，可也是为世人歌唱，因为你的音乐声里，饱含着社会最底层发出的时代悲凉。

第二泉，还在汩汩地流着，雷尊殿还依然在经历风霜，斯人已不在，可你的《听松》《寒春风曲》《大浪淘沙》还在世间徜徉。

你生于山林，归于山林，高山流水是你的心志吧，蓝天白云应是你的理想。你是草根的，可你也是受大众喜欢的，你的乐声让你不朽。

从山野吹来的风掠过松涛，拂过阿炳墓旁的青草，那是这里蓬勃的生命力。秋天的阳光裹挟着山花的清香扑面而来，我耳鬓仿佛又响起那悠扬的二胡声，浮现出戴着眼罩的阿炳，正在忘我而深情地演奏……

2015 年 10 月 17 日　无锡锡惠风景区

未知的旅程

在厦门游学，从厦大思源谷出来，我决定继续北上。

我只知道，前方是万石山、植物园，具体有多远，何时能走出来，别人不知道，我也不知道，而这却恰恰是吸引我的地方，我喜欢未知的旅程。

未知的旅程，有时相当于探险，刺激而好玩。当然，它也有风险。

芙蓉湖，是娇柔的。她就隐于群山里，只待欣赏她的人来。她也是让人赏心悦目的，放眼望去，湖光山色，湖岸青青。湖水是清澈的，湖面荡起鱼鳞般的波纹，微风吹来，阵阵清凉，湖畔的凤凰枝一定是爱恋她的，将疏斜的枝条伸到湖面上，甚至触到湖水里，随风翩翩起舞。

我开始在丛林里的山路上穿行。这里石径弯弯，坡度也不大，时而宽阔，时而幽深，但路面很洁净，路旁呢，到处是盛开的三角梅，红红的花朵争奇斗艳，两旁的树木则千姿百态，纷纷伸长了脖子。它们对我，也一定是好奇的吧？可这如此美好的山色，却没有行人。偌大的山里，好像就我一个人。

我从哪里来，要到哪里去，这个我好像并不关心，但我在心底却告诉自己，前方，有更美的风景在等着我，还有更多未知的世界等我去探索。想到这些，我有些兴奋。

我突然想起昨晚，与一个同学爬山，当时月黑风高，山上黑森森的，阵阵山风不时从山林里呼啸掠过，吓得这位同学一直叫嚷着原路返回。我则大笑他胆小，路上反复几次，我却不走回头路，他只好跟着我继续向前走，直到下山。当时他的窘态，现在想想我还忍俊不禁。

其实，我也很好笑，我实在不想让自己过早地老去，笑我痴也好，笑我狂也罢，有时我就要做一个特立独行的自己，我们为什么要活在别人的眼里，却不能做一个真正快活的自己？活着，不是为了取悦别人。

五老峰是位于南普陀寺后的五个山头，峥嵘凌空，远远望去犹如五位须发皆白、历尽人间沧桑的老人。三年前我曾近距离地观赏过它，但却没有今天看的完整。也许，这正应了苏轼的那句诗：“横看成岭侧成峰，远近高低各不同。”有时，我们需要用另一种角度来看待事物。

山林里，有的老树已经枯死，也有的在断裂的树干里又长出新枝、新叶来，也有青绿的小树正在茁壮成长。山林，也是一个生态，既有春夏秋冬，也有生老病死，它们维护着生态的循环，绵延不息。

我就这样漫无目的地走着，时而看远方山下林立的高楼，时而蹲下身子，静静观察，然后深深地呼吸。风里有着花草的味道，沁人心脾。

蔷薇花从山崖上垂下来，开得红艳艳的，山拐角处的滴水观音，正舒展开苍翠而硕大的叶片，粉红的紫荆花就像伸展开来的小喇叭，在浓烈地绽放，它们在圆形的树冠上频频招手，五彩缤纷。“最是那一低头的温柔，恰似一朵水莲花不胜凉风的娇羞”，它们是徐志摩笔下风情万种的仙子。

我不知道走了多久，我只看到午后灿烂的太阳，慢慢变成了红彤彤的夕阳，我还看到山林里，裸露的石头、清涧、山溪、飞翔的鸟，还有在林子里寻觅的蝴蝶，以及苍茫的暮色。太平岩寺已经紧闭大门了，郑成功读书处的“笑石”，依旧在开口大笑。在厦门二十名景之一的“万石涵翠”的湖边，我恰巧又碰到两位同学，这给了我惊喜。看来，心门打开，这个世界依旧是小的。

下山时，天色已经黑下来，繁华山下的城市灯火通明。整个下午，我不知在山上走了多少公里，又走了多久，但我的心一直是充满欣喜的，因为旅程中给了我太多的感悟，让我尽享旅途的新奇和快乐！

2015 年 12 月 18 日　厦门万石山植物园

让生活充满诗意和阳光

傍晚，我走出酒店，在晚风轻抚里，漫步孔雀河畔。

这是一条美丽的河流，清清的水掩映着岸边的高楼，一路蜿蜒，让人感叹她的旖旎和温柔。她应该源自于古老的天山吧，从山上融化的雪水，一路流淌来，滋润了土地，点亮了库尔勒这颗南疆的塞外明珠。

这个时候，应该是这个季节一天中最舒服的时刻吧。太阳，温和地挂在西方，照耀着这个四周有些粗犷的城市，照在柔和的水面上，波光粼粼，让人如在梦中和画里。

库尔勒是一座整洁的城市，我想象不出，在外部周围充满戈壁滩、沙漠而缺少绿植的地方，竟然还有一座这么漂亮、宛如南国的城市，还有这条格外清亮而迷人的河。

河岸的杨柳，是这里的主角，它的叶片有些细小，是为了避免更多的水分流失吗？我想到了从库尔勒机场到城区看到的白杨，它们的叶子也是圆小而翻卷着的，远远看去，树上白花花一片，想不到它们也会想到如何才能更好地保护自己。

可是，这么做并不会遮掩它们的婀娜多姿，相反，它们在河水里梳妆，在晚风里舞蹈，在游人如织的穿梭里编织着夜晚美丽的梦。杨柳应是多情的娘子吧，它总展示自己最风情的一面。它也应是一位伟男，让我想起在甘肃酒泉公园、嘉峪关看到的左公柳、左公杨，它们犹如戍边的勇士，保卫着祖国的安宁。

我看到岑参的雕像在河边屹立，此刻，他眺望着这座边疆城市，看着铺满黄金水面的孔雀河，应该是似有所思吧。他的那句“忽如一夜春风来，千树万树梨花开”的诗句，千百年来给人多少想象的空间。

晚风夕阳下的如意桥，洋溢着浪漫的情调。横跨两岸的小桥，熠熠闪光的河水，三三两两的行人，让我突然想起杭州西湖的那座断桥。可是，传说中的许仙在哪里，白娘子又在哪里呢?

我站在桥上，看西方慢慢泛起的晚霞，看河里的游船，看倒立的树影，感受“偷得浮生半日闲”的惬意。

在夕阳的余晖里，我继续前行。在杨柳依依的河畔，在岸上细碎的绿荫里，我感受清凉而舒服的塞外的风，在夕阳的柔波里，寻找心中的那份美好，感悟人生的启迪。

身处纷扰尘世，面对五味人生以及复杂的社会，我们不是不食人间烟火的圣人，我们有快乐，也有悲伤，有得意，也有失意，有相聚的喜，也有离散的愁，悲欢离合，喜怒哀乐，这就是人的一生。

无论是得还是失，你都不必太在意，只要人还在，一切都有希望，那么，美好就还可以继续创造。得意时，不要张狂，失意时，也不要悲伤。无论生活对你怎样，你都不要忘了随时随地地欣赏，发现善良的、美好的、愉悦的风光，从而重振精神，面向阳光，充满对未来生活的向往，让人生充满欢欣与惊喜，充满憧憬与诗意。

2015 年 7 月 29 日　新疆库尔勒孔雀河畔

世界和远方

在我上高中之前，除了偶尔去临近的乡镇买书之外，就极少走出去，去县城的次数就更是屈指可数。

记忆中，只有三次。

第一次，村里唯一的一辆娶媳妇、拉货、拉人都用的绿皮卡车，正好去县城办事，出于好玩，尤其是对于“城里”的好奇，与人一起搭了一次顺风车。那位旁院的司机哥哥，还在老城解放街请我们喝了飘着小磨油、放了海带丝、面筋，味道有些酸的咸汤，吃了煎的油香而热气腾腾的水煎包。回去后，母亲过意不去，非要拿了几个大苹果，让我给那位哥哥送去。这是我印象中第一次去县城，县里的人声鼎沸和喧闹，与乡村相比，给了我很大的冲击，记得我是在上小学。

第二次，大概是上初一，正好也是节假日，大队组织挖沟修路，顺着要养护的那条国道一直走，就可以到县城，不用拐弯。当时，为了上学能掌握时间，给家里人反复说购买一款电子表，最后父母同意了。为了省钱，下了车后，我步行 20 多公里，但快到县城时碰到一位骑着自行车的青年来搭讪，当知道我是去买电子表时，不知什么原因，就把他自己戴的电子表，以六块钱的价格卖给了我。回去时，我几乎是一路小跑，这是我人生中第一块期盼了很久的手表。

第三次，则是去县城参加中招考试，住在老城解放街路西的一家旅社，虽然条件很简陋，但第一次在县城住宿，并且跟“赶考”的同学们在一起，很是兴奋，一晚上都是迷迷糊糊睡不着，倒是旅馆那位看起来有些倦意的女服务员的一大串房间钥匙叮叮铃铃在走廊里的碰撞声，至今还回荡在我的脑海。

三次上县城，给了我很深的印象，也对我的学业产生了很大的影响，这也许是我学子时期萌发的，懵懂的、出于改变自身命运、摆脱“面朝黄土背朝天”的穷苦宿命，追求美好生活的最原始的动机。

那时，“农转非”成为“城里人”，吃“商品粮”，是很多农村学子的最直白的梦想，这种梦想不断地在内心生根、发芽，“十年寒窗无人问，一朝成名天下知”就深深埋在了心底。于是，就有了在县城三年高中时期的奋斗岁月，就有了当年周末在老城的走街串巷，那时的自己犹如刘嬷嬷进了大观园，也就有了穿过一条街，再一转弯就到了的新华书店。在那里我曾购买过好多本台湾诗人席慕蓉等的诗集，还有路边书摊上半旧的处理的《读者》等书籍杂志，那也许是我文学梦的发端或萌芽。

高中生活是火热、短暂而枯燥的，但也有亮色存在，一是学校发洗澡票，凭票可以到指定澡堂洗澡，这对于农村出身，经常在小河里嬉戏，像“泥鳅”一般的我而言，更多是一种新奇。而还有更有趣的，那就是学校发电影票，可以去影院看电影，这可是十分的稀罕，在初中也没有这样的待遇。当时《大决战》正在人民剧院上演，后来，还看了街头宣传车喇叭里、车身上、剧院外宣导的“台湾催泪片”《妈妈再爱我一次》。至今，我还记得剧院里以及回校的路上很多同学流泪、啜泣的情形。

这些，也许都是20世纪90年代初期，我们最纯真、最美好的印记，既然县城都这么繁华、热闹而充满趣味，如果考上大学，到更远、更大的城市，岂不更加丰富多彩和让人憧憬？我的世界和远方，又在哪里呢？

带着希望出发，让我拥有了无尽的动力源泉，支撑着我一步步走向远方。每当我有些懈怠时，“鲤鱼跳龙门”、大学梦以及灿烂的美好前景就在大脑里闪现，促使我振作起来，继续努力学习。

后来考上大学、毕业、参加工作，在全国各地奔走，我也越来越发现，走的地方越多，越感到世界的广大，而越是抬头向前，越发现远方的神秘和无尽头，也就更有了前行的驱动力，那似乎是一种无声的召唤。

这个世界是有趣的，上有宇宙和星月，下有四季和霜雪，各有各的轨道，各有各的精彩，它们组成了这个五彩斑斓的世界。

这个世界是未知的，也许正是因为有了那么多未知，才激发了我们的好奇，才有了发明与创造，才让世界充满了活力，才让年轻的一代更有朝气地勇敢探寻。

带着希望，憧憬远方。远方是什么？是前行的方向，是拼搏的梦想。人类如果没有梦想，这个世界该是多么的荒凉。我总认为，一个人，即使再穷困、再无奈，也不要丧失对生活的梦想以及对未来追寻的希望。

带着希望出发，我们就不会害怕，世界给了我们人生追寻的目标，而远方则让我们大胆地迈开勤劳的双脚。

2016 年 3 月 26 日

人生如四季

一年有四季，包含着生命的萌发、成长、成熟、衰老与死亡。

人生亦如四季，无论春夏还是秋冬都要一一走过，在不同的季节领略不同的风景，它们都是生命中不可逾越的阶段。

一年之计在于春。春季，也许是大家都喜欢的，因为它意味着生命的萌动、勃发以及最初的原始，这个时期一切都是新的，纯洁如天使，灿烂如处子。犹如一个人，从出生到学童，再到中学和大学，这是一个渐进青春以及青春的过程。

青春，是美好的，但如昙花，甚至还没有来得及细细品味，她就一去不复返了，这有点像东北的春季，漫长的冬天刚一结束就迎来了春天，可才刚刚感受春天的新绿，马上就迎来了火热的夏天。

夏季，是让人向往的，因为她热烈、浓情，让你无可抵挡。夏季，是葱茏而茂盛的，万物都在淋漓尽致地生长，大家都在珍惜一分一秒的时光，前进、前进，唯恐失去这一年中最好的成长时机。

夏天，水草丰茂，树木高擎着枝叶，太阳火辣辣的，如果下一场酣畅的及时雨，天地间更是苍翠与茂密，河水亦为丰盈。这多像一个人的中青年，摆脱了生涩，开始成长，无论路途是多么曲折，只要有一颗向前的心，无论狂风暴雨抑或披荆斩棘，永不回头，哪怕流汗甚至疼痛都是壮美。人生，如果没有热情，该是多么的乏味与贫瘠？

秋天，是静美的，叶落无声，果实挂上枝头，这是一个成熟而迷人的季节。秋天韵致，犹如人到中年，四十而不惑，已到了宠辱不惊的年龄。没有了年轻时的野蛮和莽撞，更多的是沉思。深思，这是一个人成熟的标志，不再过多的患得患失，而更多的是看到前方，有的只是站在高处，静待花开花落。“朝看东流水，暮看日西坠”，有的只是淡然与从容。

在秋季，我们需要拾掇一枚秋叶，将它夹在心的扉页，叶的纹路就是自己曾经的历程。有多斑驳，就有多丰富多彩。

冬天，代表着萧条与萎缩，亦是一种终结或归宿。不论你喜欢不喜欢，乐意不乐意，它都会到来的。就像死亡，是每个人必须要面对的，但死亡亦是一种重生，一种事物的逝去必然有另一种事物的出现。唯有替代，才能进步。我们所能做的，就是在冬的沉寂里做好储积，在雪落里寻觅另一个自己。

世间没有永恒，有的只是对于现实的安享。

我喜欢春的万紫千红，亦喜欢夏的轰轰烈烈，我热爱秋的静谧无声，亦钟情冬的逝去与孕育，它们都是人生不同的色彩，都值得好好珍惜与回味。

2016 年 2 月 27 日　海口明光国际大酒店

生命的滋味

有人说，生活就是生下来，活下去。

我想，说这句话的人应该是一个饱经沧桑的人，看透世事才能得出如此顿悟。

人生在世，活着实属不易，除了要经历生老病死，还要尝尽酸甜苦辣，但其实这恰恰是一个人完整的生命历程。人生，如果没有万般滋味，那该是何等的贫乏？丰富多彩的人生，一定是跌宕起伏而饱含各种滋味的。

人在世上走，哪会都事事顺心和如意？更何况人的出身、背景、遭遇等不同，也就决定了一个人与他人的不同，也就决定了在这一生中会有各自不同的体味。

生命的滋味，不外乎酸甜苦辣咸。

所谓酸，即辛酸、伤心、悲痛。一个人，赤裸裸地来，又赤裸裸地走，在别人的欢笑，自己的哭泣中来，又在别人的哭泣中走。人的一生，苦痛难免，连苏轼都说："人有悲欢离合，月有阴晴圆缺，此事古难全。"生命的旅程、伤痛，你必须品尝，只不过不要学红楼里的林黛玉，有一颗敏感或悲悯的心固然好，但一定还要能够从中走出来。

甜，甜蜜、快乐，也许是我们一生当中都要苦苦追寻的东西。古人说，人生有四大喜事：久旱逢甘霖，他乡遇故知，洞房花烛夜，金榜题名时。但大凡很多事情都要积极付出、勇于争取才能得到，没有人能够随随便便成功。"要想人前显贵，就先人后受罪"，先苦后甜，是亘古不变的逻辑。

苦，是我们所不喜欢的，但亦是生命的必然要素。小时候，不喜欢吃药，因为它太苦了，可它却能治病。痛苦，其实是人生成长与进步的基石，没有痛定思痛，甚至艰难地蜕变，你怎能从稚嫩到成熟？"蒲柳之姿，望秋而落；松柏之质，经霜弥茂"，也许只有经历人生的风霜雨雪，才能找到生命的乐趣以及意义和价值所在。

辣，火辣、火热，难忘的味道。人生，是短暂的。古人劝诫我们："盛年不重来，一日难再晨""一寸光阴一寸金，寸金难买寸光阴"，时光匆匆，怎敢虚度？我们要用火一般的激情和热情，投入到每天的学习、工作中去，敢爱敢恨，不留遗憾，做一个内方外圆，不随波逐流，敢于担当的人。

咸，咸与淡相对，也许只有体验了生命中的淡，才能感受到人生路上的咸，只有经历了痛苦，才能体会苦尽甘来的美好。虽然平平淡淡才是真，但有时也要有酣畅淋漓的感觉。目睹了人世的假恶丑才能更加珍惜真善美，只有品味，才知咸淡。生命本身，就是一种由浅入深的感悟与体验。

人生，就像万花筒，里面充盈了各种色彩；人生，也像调料瓶，里面亦盛满了各种味道。谁的青春不困惑，谁的人生不艰辛？也许只有付出了、苦了、哭了、痛了，才会更好地感受和珍惜幸福与甜蜜、成功与成就，才能在滚滚红尘中不枉一生，才能丰满生命，而让人生更加靓丽！

2016 年 3 月 22 日　郑州

人心安处，便是幸福

我有时喜欢一个人到水边静静地散步，或坐在岸边的草地上凝望波澜不惊的水面，让自己的思绪飞远。

有时遇到夕阳西下，红彤彤的晚霞让层林尽染，或看到迟归的小鸟，鸣叫着，急着归巢，内心总能生发出很多感慨。

我总认为，一个人无论再忙，都要让自己的灵魂休憩，静下心回过头来去检核自己的过往，看有没有偏离自己人生的航向。

就像我们看到的河流、湖泊，很多时候水面都是平静的，可水底下暗流涌动，潜藏着风险。

我并不是说，一个人不能有欲望，而是说欲望要以什么样的方式实现，以及欲望之外还有没有其他更有价值、更有意义的东西。

一个人物质再富有，如果穷得只剩下钱，我想他/她内心深处一定是孤单而有挫败感的，甚至是不安，这种挫败感或不安一不是仅凭找几个互相利用的酒肉朋友，喝上几场酒就能够消弭的，人到中年，灵魂归处便是我们要思考的问题。

小时候在农村，虽然大家都很穷，但却都很快乐。为什么呢？没有，也不可能有太多的物质追求，那时的人思想单纯，知足常乐，所以，没有太多的烦恼和忧愁。而反思现在呢，物质是富有了，精神却空虚了，并不是物质极大丰富是坏事，而是人心太贪，反而在攀比之下，人却活得压抑和愤懑。

物质到底能不能给人带来快乐，甚至安全感？这是肯定的，却也未必。因为物质的满足带来的快乐是暂时的，精神的富足才为长久。

我突然想起，欧美富豪为何在将企业做大之后开始不断地做善事，因为他们知道，这是比赚钱更快乐的事情，也许这才是人活着的更大意义。他们不再是金钱的奴隶，而是做金钱的主人，让金钱能够发挥更大的作用，给社会带来更多的美好和期待。

一个人，是要不断地修炼内心的，保持感恩，懂得付出，在物欲之外能有一个独立而纯净的自己，不随波逐流，让自己的精神世界不断地得到充盈和升华。即使我们帮助不了别人，但最起码别害人。

幸福，跟什么有关系？我认为，跟一个人对待物质的态度，跟人生追寻的意义有关系。诸葛亮说，“淡泊以明志，宁静以致远”，贫穷而不失志，日子即使窘迫，但仍不失情调，这便是优雅。

生活可以平淡，但却可以优雅。

其实，在我们身边，就不乏这样的朋友，他们并不是特别富有，但却活得潇洒：做自己喜欢做的事，有三五个知心朋友，抽更多的时间陪伴家人，见缝插针地出去旅游，没有太多的物欲，有的只是生活的体验和内心的快乐分享。

我是一个唯物主义者，但却相信因果论。因此，当你抱怨社会不公、不平、不正时，请你心平气和。这些，看似与你有关，其实也与你无关，请你相信，一切有因必有果，只是时机问题。请你看淡一些，再看淡一些。

静水，才能深流。让内心安静，才能看到更多、更美的风景，我们才能不被眼前所迷惑，才能不被浮躁所击倒，才能适时保持一颗局外的心。站在高处，眺望远处，无论风云如何变幻，我自岿然不动。

人心安处，便是幸福。

2015 年 9 月 2 日　湖南沅江洞庭湖畔

善念，一朵芬芳的花

人生旅途，总有一些风景让人感慨，甚至动容。

五一小长假。原本晴朗的天突然下起了瓢泼大雨，在熙来攘往、望不到头尾的爬山队伍中，有打着雨伞的，有身披雨衣的，也有没有带雨具而淋雨的。

人群里，一位先生抱着不到两岁的男孩也夹杂其中，男士穿着很讲究，白色的衬衣，羽白的裤子，可能是想找到抱孩子的舒适位置，他过一会儿就要变换抱孩子的姿势，一会儿左，一会儿右。雨水已经淋湿了他的衣服，贴在身上，而孩子头发淋得湿漉漉的，但却仍然很精神，红扑扑的小脸就像刚洗过的苹果。

孩子的母亲，已经去买雨具了，哪怕一次性的，可由于雨下得大，购买的人太多，即使出高价，也仍然没货，好在小孩子只感觉到了雨趣，一路欢笑着，才让人少了些担心。

一位不相识的女士跟在他们身后，经过他们身边时，用温和的眼神看了看孩子，逗着孩子笑了笑，又看看先生，然后就消失在茫茫人海和雨水中，没留一点痕迹。

小孩子是调皮的，不停地嬉笑，冲着身旁的人挤眼睛，向山谷里大声喊爸爸，喊自己的名字，一会儿又挣脱下来，自己在溅着雨滴的石阶上跑。小男孩的可爱给一起爬山的人带来了一阵阵的欢笑。

就在先生又抱起孩子，准备过一个清水石上流的堤坝时，刚才在身边不停闪现而后不见的那位女士又出现了，她从包里拿出一个雨披，对先生说道：“买的雨披多了一个，给你们用吧，照顾好孩子，别着凉了。”

“不用，不用，谢谢，孩子没事的！”也许感觉不妥，或太突然，先生婉拒，可那位女士仍然说是买多的，用不着了，把雨披硬塞给先生，一转眼，就又消失在前方的人流中了，让先生在雨中不知所措……

佛说，怀善念，行善举，必得福报。善念是花，善举是果，善念，有时来自无心。也许就是不经意一个小小的举动，但它宛若春天里一朵芬芳的花，四处弥散，让人间的大爱瞬间充满心田，让人感念，让人动容。

那位女士，也许是动了作为母亲的恻隐之心，不忍孩子受淋，她甚至会想到，假如是自己的孩子，这也许促使她去了好几个地方，去买雨披，甚至或许高价购买了雨披，又担心对方受“人情债”的困扰不接受，然后以一种“买多了”的口吻，给了对方。

赠人玫瑰，手留余香。这个雨季，也许人们不仅享受到大自然带给大家的风景之美，也会更多地感念于风雨中那份浓浓的人与人之间的温情，让人感受到人世间还有那么多的美好与馨香。

2015 年 5 月 2 日　新乡辉县百泉国际大酒店

生命的绿洲

走进沙漠或戈壁滩，总能看到恶劣环境下，突兀而默默生长的植物。之所以说突兀，是因为它们的数量太少，它们并不起眼，甚至太过于普通，与沙漠保持一样的色调，四季更迭，生生不息。

我总为它们顽强的生命而感叹不已，你能想象得出吗，在沙尘暴来袭时，狂风大作，飞沙走石，遮天蔽日，似乎能将整个世界摧毁，可即便如此，它们仍然在沙漠里跋涉或生长，让人振奋与唏嘘。

在鸣沙山通往月牙泉的路途中，我就看到茫茫沙漠里一株看似枯死的沙蓬，树丫细细密密抱成一团，有的树枝被风吹断，它歪斜着身子，保持平衡，与风沙无声地抗争，就在它的脚下，是龟裂的风蚀的石块。我想它的根系一定是深深扎入地表的，等待春暖花开，它又会复苏，又会点亮苍茫的沙洲，让这里呈现生命的绿色。

在西北漫漫冬季，我不知道，它能沉寂或枯萎多久，也许它本身就在静静等待，等待着时机，等待着萌发。我想，它也一定不会怨天尤人，它从哪里来，要到哪里去，也许这些都不重要，更无须关心是小鸟衔来的还是大风吹来的。既然生在沙砾堆里，就应该努力适应并改善这片环境，哪怕生命的光亮并不耀眼。也许不为别的，只为要在贫瘠里将蓬勃的生命燃烧，绚烂生命的底色。

头顶着浩瀚的蓝天，脚踏着起伏不定的黄沙，高大的沙丘背阴处甚至还有积雪。我想，它也一定是安于清贫并由衷快乐的，满天的繁星触手可及，金黄的月亮就在山坳里升上来，傍依着河西走廊，莫高窟大小不一的洞穴闪耀着璀璨的历史光芒，此生孤寂乎？不，有辉煌灿烂文化的滋养，足矣。

在月牙泉畔，我还看到几株粗大、虬枝嶙峋的旱柳，旱柳也被称为左公柳，是为纪念晚清重臣左宗棠西进收复新疆一路栽植道柳而得名，并留下了“新栽杨柳三千里，引得春风度玉关”的佳话。这些柳树，树枝高擎，尽情舒展，不断地汲取养分。它们已有上百年的历史，也许屡经风沙，树干都是裂开的，裂痕很深，雪灌进缝里，犹如镶嵌的洁白花朵，让柳树多了一些生机与点缀。它们也是沙漠里与复杂、贫乏环境有力抗争的典范。

月牙泉，覆盖着厚厚的积雪，芦苇，尽呈衰竭的枯色。旱柳在广袤的荒漠里守卫着这一眼清泉，也守卫着自己的家园，让人看到生命的绿洲，感受生命的多彩与明艳。

每一株生命，都有绽放的权利，每一棵花草，都有蕴藏的美丽。如同这生命的沙蓬，意志的杨柳，在岁月的沧桑与残酷里，尽现一生最令人感动的活力与欣喜！

2016 年 2 月 3 日　甘肃敦煌鸣沙山月牙泉风景区

研磨时光

时光，是一条缓缓流淌的河流。

而我，就是在那条河畔柳荫下，望着明晃晃的水面，低头打水漂的那个倔强男孩。几多懵懂，几多顽劣，几多烦扰，又有几多惆怅？我总在想，我是不是当年那个疯狂追风的少年？

我曾痴迷于小河，至今，我的梦里依然有河面上朗朗的读书回声，有我当初稚嫩的面孔，有我诸多的袅袅往事，有我宛若白云悠悠的一腔心绪。

是啊，我总幻想披一袭衣衫，戴一蓑斗笠，在岁月的风尘里漫步。我喜欢月光，那里有谜一样的故事，多少次，我在如水的月华里，任由他乡的秋露打湿我的衣裳。夜，很深沉，夜晚，我的思索就可以信马由缰。

我总在徐徐的清风里，如一团缥缈的雾，在流动中，咀嚼时光的滋味，风很轻，但能感受到它的存在。我总想拥抱风，它唤醒了我的昏沉，让我在苍穹之下，依然在如丝的烟雨里保持自我。

无论在何处，我总喜欢在黑暗中打开窗户，让流云和星辰飘进来，天人合一，也许是灵魂的归处。在静寂的夜晚，我总凭窗俯瞰外面的风景，看远方迷离的灯火，看脚下纷扰的众生，感悟滚滚红尘，人生如梦。是啊，从高处立，往低处走，少些浮躁，多些沉淀。

岁月无声，我总想捋一缕时光，细细端详，看它的脉络和纹路，看它经历了怎样的风雨，又托举了哪些彩虹，我就是想静静地品味光阴，透过时光的筛子，来过滤曾经。有开心的吧，那就会心地笑笑；有难忘的吧，那就铭记心间；有痛苦的吧，那就让它过去；有悲伤的吧，那就让它烟消云散……

我喜欢在时光的隧道里独行，在光阴的河流里找寻自己，找到那个长不大的无知少年，找回学子时期的青涩、成年的迷茫，漂泊的沧桑，然后告诉自己，不忘初心，珍惜光阴。

是啊，让时光慢下来吧，哪怕前进的脚步有些踉跄，品一盏岁月的茶吧，哪怕曾有哀伤。让时光如水般静止，体味岁月的苍茫。

2016 年 3 月 29 日　郑州

一朵花的绽放

在春日，一朵花，在阳台，悄然绽放。

我莫名惊诧，也莫名慌张，我细细地端详，只想记住她清秀的模样。

她是一团火吧，就在绿色的叶子里点燃，她浓烈，她明媚，任人欣赏。

可我，不知道她的名字，她就在绿叶丛中，在阳光下，默默地，默默地舒展她的理想。

我知道，她不是为了取悦我，也不是为了感激我，不然，为何我到现在才发现，虽然我曾给她浇水，也曾多次观望。

那是为了什么呢？她是大自然的赐予吧，绽放，也许只是为了完成一季的使命，填补一冬的荒凉。

这是一朵什么花呢？我还在思量。可为什么要知道呢，暂不知道吧，只需记得，她曾装饰我春时的梦，给我梦里摇曳的烛光。

梦里有青枝飘摇，也有些微的清凉，远处是窗台花园里的繁盛，还有窗外太阳无私的光亮。

在纷扰的尘世，我不清楚你是如何的独守寂寞，在冬日里，你又是如何积蓄，来积攒一冬的力量?

我该怎么赞美你呢，语言是贫瘠的，文字亦为苍白，也许压根儿你美丽的心灵就不需要赞扬。

其实，你并不孤单，在春的召唤里，还有兰花在陪你飞翔。那是一朵朵粉白的小花，就招展在窗台，萦绕在你的身旁。

一花一世界，这是春的天地，也是花的海洋。

在春天里，我期盼花开，在阴雨里，我寻觅春阳。

花是诗，亦是梦，花是精灵，亦是生命的向往。

花里有流水淙淙，花里有鸟儿歌唱，花里有阴晴圆缺，花里隐藏着众生，凝聚了一生的芬芳。

2016年3月3日　郑州

最是花红柳绿时

有哪个季节，能比得上姹紫嫣红的春?

只要走出来，对，走到大自然，你就可以看到空阔、寂寥的枯树丛中，那透出的一抹抹的鹅黄或新绿，还有，那发青树丫上的一朵朵或粉、或红的花蕾或花朵，要不，就是清亮的天空，那一声声霹雳般爽朗的鸣叫。

在小草的泛绿里，你能有几多的联想，几多的回忆?闭上眼睛，尽可畅游。

春季，是一个让人向往而欣欣向荣的时节，在过往的记忆里，充满着快乐与轻松。

你可以摆脱沉重的棉衣，换上轻薄的衣衫，让暖风吹拂衣角，透过衣缝，亲吻肌肤，再也不见连阴着的，让人沉郁的冬日，袒露阳光下，感受有些刺眼的光亮，带来风一样的自由自在。

我喜欢生命力极强的新柳，她是春天的信使。沿着小河，你最能感受到春天的，除了河水的墨绿和袅袅水汽，便是那愈加飘逸的柳丝，它会告诉你，春天已经来了，在心里，你会瞬间充满能量和欣喜。在我的初中时期，我就喜欢在依依的杨柳风里，跨过小桥，迈开大步，每日往返在学校与家的光阴里。

是啊，春天已经来了，可以换一种心情，换一种视角，来憧憬明天和远方，想象着未来的自己。

迎春花，应是春天的新宠吧。行走之间，当看到那一簇簇，一丛丛的黄色的小花，探着头，张望你，你会发出由衷的赞叹。花朵虽小，可那也是春的知音，她与柳一起传递着春的讯息，扩大着春的范围，她是造物主送给大地的礼物。

庄稼地里，麦子已经开始铆足了劲，从冬天里懒洋洋的模样，变得积极、旺盛、奋发，你会感受到生命在此时的律动。我至今还清晰地记得，上小学时，走过村后的坡岗，在碧绿麦田里的田间小路穿梭的情形，那时懵懂的心情像天空中的小鸟一样雀跃，像飞翔着的风筝一样悠远。

在我幼时的眼里，春是五颜六色，涂满了青春的色彩。

春天，不仅属于一望无际金灿灿的油菜花，也属于篱笆墙果园里娇翠欲滴的杏花、桃花，哪怕是房前屋后那一株、两株，站在花前，嗅着那沁人心脾的清香，也会陶醉其中，那一树树鲜艳而夺目的花朵，让人感叹时光的美好与短暂。她们婀娜多彩，尽展风采，她们是上天赐予人类的一季的纯真与美丽。

惊蛰和雨水，是给大地带来生机和希望的节气。我特别渴望沉沉黑夜里的那一声惊天动地的春雷，炸开混沌，破除陈旧，撕裂雾霾，带来春和景明，万物复苏。我喜欢春天里那细密如织的春雨，在天地间洋洋洒洒，分外飘逸，它给万物带来滋润和蓬勃。

今天的果，都是昨天的花。要想拥有春天，必须经历冬的严酷，在漫长的等待与征程里，翘首冰雪消融，春暖花开，那是一种怎样的期盼呢？

春天，是冬的孩子，是夏的童年，是秋的恋人，彼此遥望，彼此希冀，春天带来萌动，也给人带来无限的想象与美好。

2016 年 3 月 15 日　西流湖畔

在春天，在梦里

春天，是多梦的季节。无论何时何地，都宛若在梦里与画里。

春天，仿若一首曼妙的小诗，总能牵起心底那抹浅浅的柔情，勾起心中那份浓浓的诗意。

是啊，冬去春又来，大地孕育了万物，春雨催苗木勃发。春天，是充满灵动的，春天，又是格外明丽的。

不是吗？春风吹开了花朵，在和煦的春光里，在淡淡的困意中，如梦似幻，犹如在做一场过往的旧梦，而梦境却当下般真实。

春天，是朦胧的，昨天才看到的花苞，今天就已绽放，而鹅黄蓦然间就变成了新绿。在春天，每一天都是新的，犹如一千零一夜，每一个平凡的日子都充满了新奇。

在春天，一切有生命的都在奋力生长，春天，是属于有心人的，春天，只青睐奋斗的人，她给人留下了无限的想象空间。

你看，那枝头新展开的叶片上细微的纹路，青春，就铺排在那满满的血液里，那是初展的年轮吧？是的，叶子的生命，就是从这里开始的。再细细端详呢，鲜绿得每时每刻都在扩展的叶片，是油绿而光亮的，那应是生命本身就有的底色。

在春天，背起行囊，出发吧，在前方瑰丽的梦里，去寻找自己：你想做一个什么样的人，你想过什么样的生活，你想通过什么样的路径来实现？春天里，你尽可思索，虽然，它也会有荆棘丛生，但那一定是一趟有意义的旅行，无论它是一种怎样的烦琐和艰辛。

在春天，于蒙蒙醉意中体会夜阑的雨声，想象那是一个怎样的闹春景象，也可以于雨后清晨，在落花缤纷里拾起一地落红，花开花谢间，又是一种怎样的人生感触与感动。

在春天，去读书吧，诗一般的年华，就应该拥有诗一般的奋发。书是什么？是灵魂的知己吧，可以在流动的夜色里，打开散发着油墨香味的书页，或站，或卧，或坐，可远眺，也可近观，或私语，在春的气息里，与心灵对话，尽享春天带来的惬意与欣喜。

校园，是安静的，春日的校园，更值得感念。浓厚的绿荫，古朴的建筑，绿茵芳草，花儿绚烂，徜徉其间，尽可体会生命的恬适与丰盈。归来兮，校园——心中仅存的净土。

当然，也可以在春日，聆听来自悠远的天籁之音，或喜爱的古典音乐。对，不要人声，那太嘈杂，只听美妙的曲子，听那潺潺的山涧与流水，感受响亮的清脆的鸟鸣，“明月松间照，清泉石上流”的意境就跃然纸上。你可以在闭眼的冥想中，在树枝上滴落雨露的飞散里感受春日清凉，陶醉在大自然赐予的美妙里。

春天，是撒播的季节，也是辛劳的季节，更是奔跑的季节。一分耕耘，一分收获，播下希望的种子，就可在静待破土而出的期盼里，憧憬着那份石破天惊的生命与惊喜。你可以看到一颗种子生命的辉煌历程，而最初的蜕变与明艳又该是一种怎样的磨炼与新生，于是，你会惜春，因为美好的总是短暂的。

珍惜春天，就是珍惜自我，在诗梦一般的春天里，积极求索，奔赴远方，只为不忘初心，不虚此行。

2016 年 4 月 16 日　郑州大学

纵情山水，只为找回自己

我独自一人，穿行在山林，流连于湖畔。

四周了无人烟，好像整个茫茫天地间只有我自己。

我行走在丹江口，一个演绎着神话与文明的地方，一个山水相间的中原福地。

我听到风吹树林的声音，或近或远清脆的鸟啼，还有从天际飘忽而来的那一声声布谷鸟浑厚的嗓音，闭上眼睛，恍若在我的故土，我知道，这是自己心的召唤。

我深深地呼吸，洗涤我的心灵，我俯视脚下的土地，这深沉的、无语的土地，静静地、静静地陪伴着我，聆听我的喃喃自语。

辽阔的湖面，我耳畔仿佛回响起水波的声音，西边的那一抹夕阳，鲜红地铺在水面，犹如一段锦绣。丹江口的水啊，你是如此的清澈，你吸纳了天地的精华，孕育了千古传说，楚韵风情，范蠡、诸葛亮、张衡、张仲景……

我摩挲的脚步，在山林小径蹒跚前行，有时匆匆，有时停滞，有时焦灼，有时安静，我在寻找什么？我问自己。我听到了自己的心跳声，它如此激烈，又如此沉寂。

抬头，我看到路旁的山花，在尽情地绽放。它们散落在岩石缝里，或贫瘠的褐红色土壤里，或山野小路旁，纯白的花朵，没有装饰和造作，只展露最真实的自己。一季的花开花谢，只为完成一生的使命，把最美、最好留给世间。

一旁的蒲公英已经做好飞翔的准备，它是有翅膀的吧？不然，为何会飞得那么远去安家？它也应该是有志向的，身在哪里，家就在哪里，一生只为实现一次远飞的梦。

漫山遍野的山林，也是崇高的，它们从四面八方汇集在一起，装点大山，也实现自己，它们也许一生都得不到光顾，但它们依然默默地生长，一点点顽强地茁壮。哪怕寂寞，哪怕孤单，哪怕无声无息了却一生。

我更欣赏这里伟大的人民，为了大局，他们远离故土，远走他乡，为有牺牲多壮志，敢教日月换新天，他们巨大的奉献，成就了造福千秋万代的南水北调，让缺水的北方，得到了滋润。

远处传来寺庙里声声暮鼓，惊醒了沉浸天地间的我，在蜿蜒起伏的山路上，我继续欢快地行走。人生是快乐的，纵情山水，也许只为找回自己，让心灵休憩，是为了更好地在路上……

2015 年 5 月 31 日　南阳淅川丹江口

一壶岁月酒，足以慰风尘

酒，大抵是一个好东西。酒的发明，应该是人类的一大创举，既是社会文明的体现，亦是情感发挥的载体。它驱散了时光，舒缓了压力，加深了情感，疏通了关系，可以伴日月，慰风尘。

特别是随着年龄的增长，怀旧情绪的蔓延，酒作为一种独特的液体，就越来越浓烈地弥漫在世人的心间，让人上瘾，甚至欲罢不能。

近年来，每当同学、老友相聚，虽然我酒量有限，但每次都要与他们一起推杯换盏，喝上几杯。不为别的，只为此生难得的缘分，只为酒里难舍的情感，还有那酒里曾经的悠悠岁月。是的，无论是亲戚、朋友，还是同学，短短一生中能够经常相聚的又有几人，又有几回？

前不久，与在同一城市的高中同窗，一起接待老家来的同学。那晚，同学喝得有点多，酒席散后，在深夜，他拉着我在大街上漫步，在灯光下，还来个自拍合影。那一刻，我仿佛又回到了艰苦而快乐的学生时代，那是人生中最纯真、最梦幻的一段光阴。在灯光迷离的街头，闭上眼睛，恍若昨天。

还有一次，八九位大学同学聚在一起，商量 20 周年班级聚会的事情，有几位都是毕业之后的首次相见。那晚，看到大家虽然大模样没变，但岁月的风霜改变了每个人的容颜，一时大家都感叹不已，还说什么呢，干，一切都在酒中了。“一壶浊酒喜相逢，古今多少事，都付笑谈中。”那晚的酒，喝得很尽兴，很开心。

酒，有助于才华的发挥，李白就是一个喜欢酒，喝酒之后又总有诗情的诗人。为此，他还专门写了一篇《将进酒》：“君不见，黄河之水天上来，奔流到海不复回。君不见，高堂明镜悲白发，朝如青丝暮成雪。人生得意须尽欢，莫使金樽空对月。”人生的慷慨与豪迈，由此可见。同时，他还认为“古来圣贤皆寂寞，惟有饮者留其名”。一生波澜起伏的他确实做到了。

酒亦可以抒发情感的，李白在其诗《月下独酌》里吟道：“花间一壶酒，独酌无相亲。举杯邀明月，对影成三人。”在《宣州谢朓楼饯别校书叔云》一诗里，他更是直抒胸臆：“抽刀断水水更流，举杯消愁愁更愁。人生在世不称意，明朝散发弄扁舟。”对，酒可以成为伴侣，成为知己，成为形影不离的好兄弟，更是激烈情感最直接、最酣畅的宣泄者。

当然，独酌也可以是另外一种情景。唐代诗人韦应物就是一个很懂情趣而风格不同的人。

“我有一瓢酒，可以慰风尘。”当然，他并不是喜欢自己一个人喝，而是“可怜白雪曲，未遇知音人”，他呀，是没人陪他喝，但人啊，要学会忍受孤独，更何况还有一瓢酒做伴呢。只要有酒，一切足够了，上不愧天，下不愧地，就在高山流水、二泉映月里，有天地相陪，在酒中找到自己吧，不屈风月，不枉此生，一切就都在酒里了。

酒，可以融通感情，让人从新知到故交。至今，我还清晰地记得，有一次在贵州茅台镇授课，到酒店后出来观赏山上的风景，苦于无人帮着拍照，就请在一旁坐着聊天的两个当地朋友帮忙。不成想，不仅拍了照，而且还越聊越投机，那天傍晚虽然主家请吃了饭，但他们还是到酒店热情相邀，于是，就在附近的一个小吃铺，点了菜，开怀畅饮。屋外，秋雨淅沥，人声稀少，但屋内觥筹交错，饮酒正酣，我想，人生的快意莫过于此了。后来，我们成了很好的朋友。

同饮一壶酒，从古谈到今。饮酒，跟时间没有太大的关系，中午、晚上都可以，我就亲眼看到过从早喝到晚的。跟在什么地方喝也没有关系，在街头小铺或露天地摊，甚至在家，都可以开怀畅饮，我就曾在家跟一要好的朋友因为喝得太多而酩酊大醉的。跟形象也没有太大的关系，大裤衩或光脊梁都没什么，真性情的流露更让人觉得真切和无拘无束。

为什么一杯酒能勾起那一曲离愁、一腔乡怨，让人一醉不愿醒呢？我想，大概是因为酒里有沧桑，酒里有思量，酒里有故事，酒里有彷徨，酒里有自身，酒里有风尘，酒里有岁月，酒里有光阴……

2016 年 3 月 24 日　郑州

亦无风雨亦无晴

浩渺宇宙，地之上方，有一个纯净之所，叫云层之上。

乘坐飞机，便会发现，无论地面是多么的阴雨连绵，但只要到了云层之上，依然是艳阳高照。形态各异的云，或厚，或薄，或稠，或淡，或纯白如雪，或绚烂如霞，让人感叹大自然的造化。

这里好像是另一个世界，亦可称为世外桃源吧，它应是安静的，除了飞行器打扰了它的清静，好像就没有别的声响。它也是有立脚点的，那就是平坦的云层，就像铺了一层厚厚的羊毛绒，偶尔看到的云层稀薄的地方，有些淡蓝，犹如地面幽深的湖泊。云层，有时看起来也像白色的海，有着一条条不规则的犹如犁过的起伏波浪。

可它上面还是有天的，依然有淡淡的云，不过，它看起来好像薄如蝉翼，比地上的云朵更飘逸和悠闲，它的纯净让人感动。我想起小时看过的神话故事，云层的上面，是不是还住着神仙，他们一定是逍遥的吧？

相对于地面的喧嚣，这里是沉静如水的，而之所以如此，我想，大概应是因为它的高度或境界，由此，便想到这个社会，以及身处其中的芸芸众生。

古人讲，高处不胜寒。可高处有高处的风景，只不过，需要忍受孤独和寂寞，无人或少有人理解罢了。实际上，在很大程度上，鱼和熊掌是不可兼得的。

身处名利场，很难不去与人争，是非窝里亦难保持清醒与独立，而远离世俗亦不是一般人能够做到的，这也许便是矛盾所在。我突然想起，为何有些人在功成名就之后，遁入空门，也许是看透了红尘，或看开了人生，只想在余下的日子能够找到自我，寻到超脱的自己，让灵魂保持独立。

李叔同，也许就是这样的一个人。在生命最美的年华，他抛妻弃子，出家当了和尚，也许有人不解为何他这么残忍，置亲情于不顾？可这，也许正是他想要的，不想愧对自己，亦不想虚度年华，他只能做如此选择。也许正是这种选择，才促成了他光辉的艺术成就。正如他自己所说：一花一叶，孤芳致洁。昏波不染，成就慧业。这练就了他儒家的谦恭、道家的自然、释家的静穆。有人评价他是寄身于禅院的艺术家，“狂来轻世界，醉里得真知”，他确实做到了与众不同。

我们常讲舍得的道理，舍得，舍得，有舍才有得，大舍大得，小舍小得，不舍不得，这便是人生的选择，不想付出还想收获，天底下哪有这样的好事呢？

菩提本无树，明镜亦非台，本来无一物，何处惹尘埃？有就是无，无就是有。人生想开了，就是如此。保持无我，懂得克己，适时保持不争、不斗、不喜、不怒，无招胜有招，不争，有时也许是最大的争，所谓“无私为大私”，即是如此。

视野，取决于高度；清静，取决于心境。学会超脱，也许才能看到别人看不到的风景，才能让自己的世界保持空灵，和而不同。

2015 年 9 月 11 日　海口至郑州航班上

圆梦青铜峡

近年来，我总以各种方式，去圆我幼时或年轻时的梦想。

在上中学时，在地理课本里，我学到了青铜峡水电站。书里只是简单地介绍了它的修建、功能等，它具体是什么样的，当时的教科书上的黑白图片，只给了我们一个可以充分想象的空间，直到这次来到青铜峡，如梦般地站在它的面前，我一颗惦记的心终于可以放下了。

宁夏的夏季，并不太热，在登上据说开建于西夏的一百零八塔时，竟然下起了淅沥的细雨，在迷蒙的雨中俯瞰黄河，别有一番情趣。与我在其他地方，比如郑州、洛阳、开封等看到的“悬河”不同，这里的黄河，镶嵌在层峦叠嶂的青色大峡谷里，显得格外温顺。

青铜峡水利枢纽位处黄河中游宁夏吴忠青铜峡市，先后开筑了三大灌溉渠道：秦汉渠、唐徕渠、东高干渠。站在唐徕渠畔，我看到清澈而澄净的水，墨绿而有生机的水草，还有一大片依渠而生的茂盛的芦苇，这里的芦苇细高而茁壮，它们密密匝匝抱在一起，犹如一道坚实而宽厚的防线，守护着滔滔东去的黄河。

沙枣树，是这里旱地的主角，它们长着霜色的叶片，枣是长而小的，有的枣花还未脱落，叶片，是绿而发亮的，褐红色的枣枝，有着细长的针，在空旷的天地里，它们在做着小心翼翼的自我保护。红柳，在这里也很壮观，且容易看到，它们就生长在黄河边的沙砾堆里，矮而浓密，豪放而粗野。朋友说，红柳羊肉串，是宁夏最有风味的一道特色。

青铜峡水电站，就是在这样的一种荒凉而繁茂的环境里，屹立在黄河之上的。黄河的水是黄而浑浊的，但河面却很开阔，远远望去，水电站并不显眼，这座开工于 1958 年，1967 年投入运行，1978 年才算建成的水电站，已与这里的大峡谷、土地，与这里粗放的塞外风光，融为一体。

我沿着黄河岸边，朝着水电站的方向行走，大坝上“青铜峡水电站”这六个原本应是红色的大字，在岁月的风蚀下，已有些颜色脱落，甚至模糊难辨，但我却看得仔细与清楚，因为它是我多年来内心的一种清晰印记。

青铜峡水电站为水闸式，机组布置在每个宽 21 米的闸墩内，厂房为半露天式，因此并不宏伟与高大，相反，与后期建造的三峡大坝相比，还显得有些土。但它是久远的，代表了中国的一个发展时期，那时的它，就是横跨在黄河上的一条巨龙，有着非同寻常的意义和价值，不仅可以发电，而且还可以灌溉，正是它的作用才让宁夏粮食增产，才让这里成了大西北富饶的地方。

徘徊在黄河岸边，踏着砂石裸露而有些戈壁滩特质的泥土，我浮想联翩，感慨万千。

滚滚的黄河水啊，带不走我如潮的记忆。静默的青铜峡水电站，保存了我对它最真诚的祝福。

再见了，青铜峡。再见了，水电站。再见了，我青涩的懵懂时光。

2016 年 7 月 13 日　宁夏青铜峡黄河大峡谷　青铜峡水电站

孩子，爸爸对你们说

孩子，五点多，爸爸就起床了。

洗刷完，我蹑手蹑脚地去看我的宝贝女儿，头枕在胳膊上在睡觉，书就散落在床沿。我又到另一个房间，儿子则竖着躺在床上，呼呼大睡。看着你们可爱的情景，爸爸心里满满的幸福。

孩子，爸爸又要远行了。其实，我也想好好陪陪你们，可爸爸有事业，还有梦想，当然，也为了咱们一家的欢乐，还有能为你们提供更好的条件，让你们更好地成长与完成学业。

我的女儿，今年 10 月，你就 12 岁了，而又刚考上了你心仪的学校，爸爸妈妈为你骄傲和自豪，也发自内心为你高兴。孩子，你在一天天进步，你已懂事，你已知道帮爸爸妈妈做事，你会拖地，简单做饭，也做一些其他力所能及的事情。这个暑假，你已经能自己骑自行车去辅导班，你还懂得了照顾弟弟，孩子，你已经长大了。爸爸感到欣慰。

儿子，你才 2 岁多，可你是咱们家的开心果。你会叫爸爸妈妈，你还会逗爸爸，喊“爸爸笨蛋”。你喜欢车，家里到处都是你的车，大的、小的，挖掘车、卡车、警车，你喜欢车到了痴迷的程度，你晚上睡觉都抱着车，你有时中午醒来，第一件事就是一咕噜下床，去找、去玩你的车，以致你妈开玩笑地说，未来儿子不是修车的就是卖车的。儿子，你也有了自己的个性表达，你也在一天天长大。

孩子，有你们姐弟俩，是爸妈我们最开心的事。你们让爸妈的生活多姿多彩，也有了更多的牵挂。这两年，爸爸在全国各地出差，很疲惫，感觉衰老了，可一想到你们姐弟俩，我又振奋精神，孩子们，你们尚未成人，爸爸岂敢老去？

孩子，你们都在一天天长大，不论我们如何地祈愿，无论爸妈多么疼你们，爱你们，爸妈终究都会老去，就像爸爸的母亲，你们的奶奶，去年离开我们一样。因此，爸爸有必要对你们说一些心里的话，希望能对你们的成长和未来有一点点建议或启发。

先谈谈这个社会。

孩子，这个社会总体是美好的，可也是复杂的。中国经济三十多年的快速发展，让老百姓过上了好日子的同时，也把社会风气污染了。因此，立身于这个社会，你们要知道，这个社会既有淳朴的一面，也有阴暗的一面，既有真善美，也有假恶丑，这个社会不是你想象的那么好，也不是你想象的那么坏，它是硬币的两面。生活是万花筒，不同的经历、不同的遭遇造就了不同的人生。对此，你们要接受，在努力改变自己、完善自己的同时，尽可能影响你们身边的人，大家一起努力，让社会变成我们想要的样子。

孩子，在这个社会上，你们要多交朋友，交好朋友，远离身边有不良嗜好或习惯的人。朋友多了路好走，好的朋友会让你们受益终生。同时，这个社会充满诱惑，你们要记住，拿自己该拿的，吃自己该吃的，远离不属于自己的，人就能与这个社会相安无事。你们还要记住，在这个社会上，要想不上当，就一定别想着占便宜，便宜有时更多是陷阱。懂得吃亏，也是你们要学会的。对学习、工作，不要指望付出马上就有回报，别人亏欠你的，不要耿耿于怀，更不要斤斤计较。会吃亏的人，会有更多的朋友，也会有更多的快乐与机会。

再谈谈生活。

生活是美的，要随时随地发现身边的美。就像爸爸，无论走到哪里，都喜欢去欣赏身边美的风景，看到生活中让人感动的一面，并与朋友们分享。在学习工作之余，学会给自己的生活添些“佐料”，就像爸妈抽时间陪你们去旅行，让你们开阔眼界，尽享祖国山河之壮丽。当然，美好的生活需要自己去争取，孩子，这个世界没有一劳永逸的事情，也没有不劳而获，要想得到你想要的，你就必须要付出，你付出越多，往往你的收获也越多。之所以没有说绝对，是因为你们的方向要正确，双脚踏在正确的道路上，付出与收获才能成正比。所以，不要害怕流汗，吃得苦中苦，方为人上人，能吃苦的人往往会有更绚烂的前景。

孩子，要学会照顾自己，当然，你们姐弟俩还要学会互相照顾。每次姐姐上课回来，看到弟弟急着去开门，亲切地喊姐姐，以及姐姐陪弟弟玩耍，给弟弟穿衣服，从外面给弟弟买吃的、玩的，爸妈就特别开心，我们是相亲相爱的一家人，学会爱护家人是爱护他人的基础。人的写法是一撇一捺，这个社会需要互相扶持。古人说“老吾老，以及人之老；幼吾幼，以及人之幼”是有道理的。

然后说说为人处世。

人在社会上立足，尤其是想要成就一番事业，就必须学会为人处世。它是一门学问，也是一门艺术。孩子，你们要一心向善，为人真诚。善良收获善良，真诚收获真诚。古人说得好：“己所不欲，勿施于人。”同时，你们还要严于律己，宽以待人。对自己严格要求，对他人则要宽容。做别人容易，做自己很难，因此，孩子，你们需要有自己的主见，不要随波逐流。你们要养成好的行为习惯，节俭、礼貌、谦逊，等等，这些都是中华民族的传统美德。保持它，传承它，弘扬正气与正能量，你们会发现，这个世界充满了乐趣，也充满美好。

孩子，你们还要学会包容和忍耐，这个世界不可能都是你所希望的样子，学会适应它，甚至有原则地退让。“忍”字头上一把刀，你们一定要记住“胯下之辱”的气度成就了韩信这个典故，只有包容和忍让，才能让你们与这个社会、与身边的人更好地相处，才能更好地发现人生之美。

最后，再谈谈学习。

人这一辈子很短，几年、十几年，甚至几十年，一晃就过去了。爸爸小时候自知没有依靠，所以就拼命学习，你们也是同样，这个社会，你靠不得任何人，你只能靠自己。怎么靠自己呢？你必须不断地学习，学习一技之长，艺多不压身，通过学习，让自己从普通变得优秀，甚至还可以从优秀到卓越。当然，需要你们比别人付出更多。古人说：“书山有路勤为径，学海无涯苦作舟。”学习虽苦，但更有乐。孩子，当你们在生活中遇到困难、磨难、困惑、烦恼，甚至悲伤、难过的时候，别忘了看书，书能成为你们的良师益友，会给你带来心灵的抚慰，让你能够充满信心重新站起来，重新看到梦和前方。知识改变命运，学习开创未来。无论是专业的还是社会的，你们都要多读书，读好书。哪些是好书呢？除了专业书籍外，我认为，一是古典书籍，像四大名著、《诗经》《论语》《史记》《道德经》等，这些书都是经过时光的检验而公认的好书；二是激扬人生智慧、给人信心与力量的书，像爸爸以前看过的路遥的《平凡的世界》，还有史铁生的著作，等等，还有爸爸经常在读的《读者》《特别关注》等杂志。不但要读书，而且还要做笔记，学会独立思考，有自己的见解，不断地积累，你们才会让自己变得厚重。孩子，一定要记住“活到老，学到老”，只有学习才能让一个人永葆青春。

好了，孩子，爸爸要登机了，你们也该睡醒了吧，爸爸先写到这里，希望我的宝贝能够开心快乐成长，爸爸妈妈永远爱你们。

亲你们，我的宝贝！

2015 年 7 月 22 日　郑州新郑国际机场

那年匆匆

生命的河流，总会在一路奔腾中飞溅起美丽的浪花，或壮观，或平缓，它们都是生命的一袭阑珊。

其实，无论月圆月缺、阴晴雨雪，还是太阳星辰、一花一草，世间万物都是生命里璀璨的花朵，无须采撷，它们依旧馨香我们的世界，充盈着生活里的每一天。

我经常独自走在异乡的大街上，看绿的树，红的花，青的草，不一样的风情，不一样的故事。虽是陌生的土地和面孔，可我内心依然充满着渴望，渴望能有熟悉的身影或者乡音，渴望有一盏故乡温暖的灯火，渴望在岁月流年里，让时光能够在生命的长河里缓缓流淌。

我喜欢在深夜里踏进和张望一个城市，沿途看偶尔来往的车辆和行人，看那路灯或霓虹灯，它们眨着困倦的眼睑，安守在路旁，任黎明的晨曦将东方的天空点亮。

我总忆起，一路颠簸到他乡，在深秋里，在寂寥的街头，感受夜晚的清凉。我也总忆起，黑夜里街口的那一抹灯光，我走进灯光里，回味着小时候的菜，吃着幼时的果，喝着陈年的酒，任一番滋味在心头，那是一杯杯离别的酒啊，恨不夜更长。

站在落地窗，我喜欢看窗外路灯的迷离……有时，半夜我会突然从梦中醒过来，辗转反侧，或披衣下床走到窗台，问自己这是哪里呢，可曾是我的故乡？可窗外，树影婆娑，灯光昏黄，是的，我只能算是这里的匆匆过客吧，可是，这里也曾留下我徘徊的脚步啊，让我充满无限的幻想。

李煜是一个多情的种儿，故国的失去让他感叹“梦里不知身是客，一晌贪欢”，想必，他是悲苦的。可我呢，多少回梦里，回忆起过往，儿时的欢笑、中学的烦恼、大学的飞扬、现在旅途的匆忙，一切好像就在眼前，可一切又渐行渐远，我多想抓住它，可回首间一切烟消云散。

我知道，并不是我脆弱与伤感，是因为时光里有太多的无奈和感叹，每次想起尘封的往事，我总想回到懵懂无知的从前，可我知道，这只是一厢情愿。

今夜，我将无眠，旅途的劳累并没有将我的思维打乱，我似梦还醒，似醒还睡，只为我心的沉醉，心的夙愿。

2015 年 10 月 30 日　无锡

我有一个梦

在飞往国内的航班上，我做了一个梦。

在梦里，我到了一个自己也不知道的地方。

只知道，这里的风是轻的，一望无际的蓝天下，朵朵白云闲适、飘逸，河水很清澈，能够映出天上飞翔的小鸟。放眼望去，到处是森林，与之相连的，则是一片片的高高低低的绿茵。

这里的飞鸟，无论是野外的，还是海边的，甚至市区的，都与人友好相处，它们在草坪、广场上散着步，或就在你的身边啄食，它用清澈的眼神看你，就好像你是它的朋友。

我在这没有污浊的空气里自由地呼吸，我学这里的人，在草地上打滚或酣睡，我看到不远处的高速公路上，车子有秩序地行驶，我跟这里的人一样，毫无遮挡地晒太阳或慢慢跑步，享受无忧无虑的阳光。

这里的城市与乡村，没有什么区别，路面都是洁净的，迎面走来的每个人都向我微笑，他们都跟我热情地打着招呼，我也受到感染，也跟这里的人们热诚地问好，他们知道我是外国人，他们尽可能用我能够理解的方式跟我沟通，或者与我商量。

这里没有漂染的蔬菜和水果，这里的执法部门各司其职，铁面无私，不会有给钱什么都可以做的徇私枉法的勾当。

这里，哪怕是乞讨的人都活得有尊严，他们或蹲或站马路边，甚至吹着口哨，抽着行人递过来的烟或雪茄，他们没有愁苦，没有悲悯，就好像是一项自己喜欢的职业，悠然自在，绝不会扮演成让人可怜的模样。

这里的人很会享受生活，我看到更多的是古朴的建筑，是木栅栏花园，是走下楼梯就能到达的绿地。这里的花草太多，我都叫不上名字，但这里的花是鲜艳的，没有尘埃覆在上面，这里的树叶刚绽开新绿，花园大都是自己打理，雨后的园子枝繁叶茂，泛着光亮。

这里的城市也有纪念碑，因为以前这里也有过野蛮、屠杀、不公，甚至战争，但一些碑上，更多的是没有非黑即白的是非评价，只让大家自己去思量。

这里的法律很规范，法律是大家参与一起制定的，不是某个人、某个集团的专利，这里的官员包括议员也都是大家自己选举出来的，他们非常尽职，这里的法令充满人性的光芒。

在这里，大家能够按劳取酬，多绩多收，没有垄断和特权阶层。在这里，人人都拥有生命的权利，自由、平等、民主，让这里的人充满自信和阳光。在商店，货真价实，不用分辨，没有假货，也没有缺斤短两。

这里的警察，并不多见，也不恐吓百姓，但需要的时候，他们就会出现在你的身边。在这里，大家都能够安居乐业，互相礼让，路不拾遗、夜不闭户并不是不可实现的梦想。

在这里，有教堂，供犯错的人默默忏悔，他们相信人心向善，多做好事，人死了就会上天堂。

在这里，积极、努力、勤奋、善思，就可以奔向人生的理想。在这里，不需要关系，有能力便会成为你尽情驰骋的疆场。

我快步地行走，在自我的梦幻里徜徉，这是生命里的桃花岛吧，不然，我为何会念念不忘？

我半睡半醒，不知道什么时候飞机已停航。下了飞机，出了机场，我照例打开手机，看到五条新闻，让我惊诧异常：

第一条，“西南偏远地区彝族留守儿童现状调查。”在图片里，我看到大山深处，恶劣的环境里，留守儿童缺衣短食，而父母为了生计远赴他乡打工。

第二条，“2016 年 5 月 7 日晚上，广州市民在英雄广场燃起烛光，自发举行悼念被杀害医生陈仲伟的活动。”两天前，陈仲伟遭一名自称其患者的男子尾随砍伤……

第三条，“5 月 7 日晚，中国人民大学环境学院 2009 级硕士研究生雷洋离家后身亡，昌平警方通报称，警方查处足疗店过程中，将‘涉嫌嫖娼’的雷某控制并带回审查，此间雷某突然身体不适，经抢救无效身亡。”

第四条，“河南郑州市惠济区老鸦陈街道办事处薛岗村村民范某持刀捅死多人后被击毙。”原因是，拆迁缺乏协商……

第五条，“5 月 12 日，警方向澎湃新闻证实，华西医院前院长石应康系 11 日中午 12 点多，从某小区 20 楼寓所坠楼身亡……”

我的梦，醒了。

2016 年 5 月 13 日

旅美见闻

登机与客舱服务

在整个学生时期的记忆里，我对美国的印象并不好。

从教科书看到，或从老师那里听到的，更多的是美国的贫民窟，是吸毒，是霸权，是枪支泛滥，是种族歧视，是圈地运动，是黑人农奴，是林肯《解放奴隶宣言》的南北战争。再后来，就是抗美援朝、抗美援越，苏美冷战，美国让苏联解体……美帝做尽了“坏事”，几乎就是人人痛恨的“凶神恶煞”。那时，有一句口号就叫“打倒美帝国主义”，用白石灰刷在土屋或瓦屋的外墙上……

那么，真实的美国是什么样子呢？应该不应该口诛笔伐？中美的差异到底在哪里？作为世界头号政治、经济、军事强国，有没有值得我们学习和借鉴的地方？我想，透过这次旅美游学的经历，以第三方的视角，分享所见所闻，与朋友们一起走进美国，领略美国的社会、生活、文化、习俗等方方面面。毕竟，它山之石，可以攻玉。

在上海浦东国际机场，我们通过边境检查，顺利通过安检，就到了美国联合航空公司航班 UA858 所在的 73 号登机口。有些同学已经雀跃着跑开了，据说，这里的商品是免税的，比国外还便宜，但我也看到，这里的商品，很多却是国货。当然，外国品牌的化妆品也有，按照规定，每个人可以带两个行李箱，每个行李箱可以装不超过 23 千克的物品，有些同学还没出境，就已经购买了很多的只能储存的商品。

也许，这就是在国际航班区，琳琅满目的免税店有很多的缘故，在这里，你不会感到无聊，甚至瞌睡，你才转了一小圈，就发现已经到了登机时间。上海浦东机场商业区的规划，应该说很成功。

与国内区域登机排着很长的队缓慢移动不同，除了妇幼老人、军人以及 VIP 会员这些外，其他乘客在办理登机牌的时候就被分成了小组。此时，大家就按照指示标牌，比如，一组、二组、三组、四组等，列队等待，如果看看登机牌，广播还没有喊到你所在的组，或还需要再等一会儿，你就尽可以待在候机区坐着，也不拥挤，也不用转着弯排队，很有秩序。

进入机舱门，有专门的空乘人员在做引导。飞机是两层的，空乘人员会看你的登机牌，指示你是往上，还是往前走，与国内航班一排坐五或六人不同，这架航班却是十人，与 A380 差不多，但这是双层。

空乘人员说英语，也说汉语，虽然也有说得不熟练或不标准的。机上广播也是中英结合，电视不是每排都有，但屏幕很大，后边的人仍然可以看得很清楚，放娱乐节目时，屏幕上方还标有中文字幕。

与国内航空公司清一色靓丽的年轻空姐或帅气空哥不同，这架美联航空乘人员都是大叔、阿姨级的，有些已头发斑白，却都很尽职尽责，说话也很和气。途中，我去洗手间，此时飞机颠簸，一位空乘大叔就拦住我，做着夸张的跳跃动作，告诉我此时去洗手间危险，最好等到指示灯熄灭。

美联航的座位设计很合理，也许是美国人个子高，因此，机舱也高，与国内抬手就可以按铃召唤空姐不同，这里抬手是够不到的。不过，别着急，这里的按铃不在头顶，而是在右手侧的支架上，只要有事，随手一按，空乘人员就会过来。

在座椅的前方小桌板上，标识可以充电或上网。此外，在整个航程中，手机都是可以一直开着的，但信号会被屏蔽，也可以用充电宝给手机充电，非常方便。这点跟国内航班有很大不同。

美联航的餐饮也颇有意思，除了具有西式风格的餐食，比如烤面包、黄油等外，还提供冰激凌，除了啤酒、红酒，你还可以喝到加冰的威士忌，如果你需要，甚至还可以额外添加。

航班上，一次性纸杯的外面，又增加了一层隔热纸，以防烫着，从细节上体现了美联航对乘客的关心和爱护。

你前方的电视，会定时显示航班所处位置，你可以了解飞机现在在哪个大洋或国家上空，从而判断大概还有多久会到。

在航班上，空乘人员会让你填写一份入境申报卡，有英文版的，也有中文版的，对照着填写就可以了，一点都不复杂。

其实，在以制度或规则为先的美国及其企业组织，仍然把以人为本、方便客户作为组织或企业运营的核心，处处为客户着想，在照顾了客户利益的同时，最终也赢得了客户的尊重与回报，这也许是中国企业需要学习的经营关键要素之一。

2016 年 5 月 1 日　上海浦东国际机场飞旧金山途中

美国的秩序与人文关怀

美国，应该说是人与自然和谐统一的典范。

先不说这里的蓝天白云，干净和放心的水和食物（这里的水可以直接饮用），就说这里的人文关怀与秩序，都值得我们深入研究和探讨。

“你想到的，他们都想到了，你没有想到的，他们也想到了。”这是一位从上海移民，在美国待了将近二十年的男性导游颇为认真地告诉我们的，我想这里的他们，既指政府，也应该指企业。

“这里有些地方可以钓鱼，不收费，但只能钓 4 英寸以上的，4 英寸以下的，必须要放回去，否则，就要接受处罚。”导游讲着这里的游戏规则。

“关于抽烟。美国有规定，未满21周岁的人不能抽烟。公共场所不允许抽烟，要抽烟，必须要到能看到蓝天的地方，有些州的规定更搞笑，抽烟时必须移动，也就是说不能老待在一个地方抽。”他提醒想抽烟的同学。

“这个季节，吃螃蟹的话，只能吃到公螃蟹，母螃蟹正在产卵或孕育宝宝，不能捕捞，这也是保护‘妇女和儿童’权益吧。”导游说话很幽默。

美国高速公路的出口，一般都是按照公里数来命名的。这样，可以避免走冤枉路，便于更好地规划行车路线，高速公路，南北是单数命名，而东西则是双数命名，行驶时更容易识别，不易走错路。

在乘坐的旅行巴士上，大家领瓶装水时，导游让大家仔细看瓶子标签上的一行字：“NAME”，什么意思呢？让你签名的，避免由于急刹车，掉下来，弄混了。而在入住的酒店洗手间，不但放着四条毛巾和浴巾，而且洗澡水龙头的按钮方向是从冷水到热水的，以避免烫伤。

我在旧金山机场，还看到在候机区，靠着墙壁，设有一个个单个的格子间，放有桌凳，以方便乘客用电脑或书写，而有的登机口附近，还放有很宽敞的现代办公区间才能看到的标准化办公桌椅，坐在那里办公或打字、看书，不仅舒适、私密，还让人有一种“宾至如归”的感觉。

而在飞圣地亚哥途中，我发现航班上，不仅每个座位下设有充电插孔（免费），正前方还放有一台小型电视，而且旁边还留有刷卡的凹槽，以方便付费。美国人做事，真是考虑得周到又细致。

在美国，你会发现一个有趣的现象，那就是车让人，离你还有一段距离，车就稳稳地停下来了。在渔人码头以及旧金山艺术馆，这个曾经在1915年召开过巴拿马万国博览会，茅台在此获金奖的城堡型建筑，我看到不止一次行车让人，车里的司机，打着手势，耐心地让行人先过。而在每个十字路口线杆上，哪怕是偏僻的地方，四个方位都设有按钮，只需按一下，白色的人形标志闪烁，经过的车会停下来，行人就可以安全地通过。

如果留心，在美国的马路上，还能发现划着白线的自行车道，戴着头盔的驴友或爱好运动的美国人，骑着车或在路旁休息，设计得颇具人性化。

同时，旧金山也是一个秩序井然的城市。在洗手间，包括在机场，都是需要排队的，大家好像并不着急，也好像习以为常。城市的周围有山，也就有坡度，政府规定，停车时必须停在指定的位置，并且，为了防止溜车，还规定了停车时，上坡路段将前轮转向与路缘石相反的方向，下坡路段将前轮转向路缘石或朝向路边，车轮与路缘石之间的距离，不超过45厘米。

大街上，虽有露顶的观光巴士、有轨、无轨电车，但车辆并不太多，车与行人各行其道，几乎看不到违章的。走在大街上，你会看到很多建筑物都插有国旗，包括后来我们参观的惠普总部。它们迎风飘扬，表达了市民对于国家的认同感。

在美国，旧金山的人口密度仅次于纽约，但在这里参观的一整天，我没有看到一个警察，哪怕交警（机场有，且都配枪），也许是放假，也许这里压根就不需要太多的警力，大家各自忙着各自的事情，氛围倒也融洽。

而据来过美国的同学讲，欧美一些国家，在地铁、轻轨、公交等地方，包括这次我们在机场领行李，到门口，无人值守，更没有人验票，让人感受到一种被信任的力量。

在旧金山金门大桥以及渔人码头，我看到很多海鸥和白鸽，或飞，或落，它们在广场一点都不害怕，它们在地上觅食，或与人嬉戏，一幅人与自然其乐融融的景象。

直观的感觉，美国的城市是闲适的，好像一座远离纷扰尘世的世外桃源，这里的人，保持着恬淡与惬意。走进一座座城市，仿若走进一座座小镇，它宁静，安详。在很多城市，高楼大厦很少，甚至在国内看到的规格与档次都相对较高的希尔顿酒店、麦当劳、肯德基、银行等，在这里都显得低矮与破旧，甚至并不起眼，而这，是不是恰恰说明了美国的简单与实用主义的价值观？

在我们去过的地方，每到晚上 8、9 点之后，大街上就开始变得冷清，与以前头脑中美国人纸醉金迷、夜夜笙歌，有很大的反差。导游告诉我们，美国是一个清教徒国家，他们恪守戒律，过着“日出而作，日落而息”的有规律的生活，他们喜欢与家人在一起，享受天伦之乐。

虽然，美国也存在这样那样的问题，比如，像加州有些地方盗抢盛行，服务行业，包括汉堡老大麦当劳在美国本土的服务还没有国内好，饮料都是交了钱之后自取，以及频繁发生的枪击事件，等等。但我认为这些都瑕不掩瑜，美国城市以及人民的返璞归真，追求简约，天人合一、无为而治等积极的因素，依然值得我们学习和参考。

2016 年 5 月 1 日　旧金山希尔顿酒店

美国的开放与包容

美国是一个极少能看到围墙的国家。

无论是政府机构、企业组织、学校，还是作为社会单元的家庭，都很难看到围墙的存在（最起码我没有看到），这应该是美国社会文化的一种普遍现象。

傍晚，在旧金山希尔顿酒店住下后，我们出去散步。走出酒店所处的区域，就看到公路旁专用的人行通道，防淋雨而几近封闭的公交站台，还有不时有车和行人进出的社区。这里，鲜有国内常见的安保人员，我们看到的车库出口，不仅没有挡杆，甚至连人都没有，更不用说收费了。有时，你甚至很难区分这是工厂、公司还是住宅区，但它们有一个共同的特点，那就是没有围墙（有些建筑区会有低矮的栅栏）。

在国内大街上或社区门口，尤其是政府门口，我们经常可以看到身穿制服的警察、协防员、保安或者城管，但在美国，至少在旧金山、圣地亚哥，甚至包括在市政厅，你都很难看到执法或安保人员的身影。

在斯坦福大学参观和学习时，我们都不知道何时进入了校园，因为它不像国内的大学，大门大都建得像凯旋门，还有保安把守。去年，我们造访国内的厦门大学，甚至还要刷身份证才能进入。直到徜徉在鸟语花香的校园，我们才发现，这所有着悠久历史，地处美国加州旧金山湾区南部的帕拉阿图市的大学，截至2015年共有60位诺贝尔奖得主在斯坦福大学工作或学习过，位列世界第八；而据泰晤士高等教育官方统计，斯坦福大学在21世纪获得诺贝尔奖人数位居世界第一。培养了众多高科技产品的领导者及创业精神的人才，包括惠普、谷歌、雅虎、耐克、特斯拉汽车、思科等公司创办人的著名大学，竟然连校牌都没有，更不用说围墙了，你甚至分不清哪里是校区，哪里是外面。

更让人有些惊讶的是，这所大学里，竟然还有一座宏伟的基督教堂，而在阶梯教室上课时，还有不知何时进来的旁听人员，只要你想学习，都可以听，知识不分国界，共享产生价值。

中午吃过饭，在校园漫步，我们还发现这所有着1.6万名学生的学校竟非常安静，而餐厅也不单是在室内，很多餐桌都摆放在外面，学生边吃饭，边低声交流。而有些学生，则在学校的树荫下、草坪、或矮墙上，或坐、或躺，学校的草坪，碧绿、丰茂而齐整，或白或红的花，在和煦的阳光下发出沁人心脾的芬芳。来来往往的学生，或步行、或骑单车，甚至轮滑，他们来自世界各地，不同国家、种族、民族，他们的脸上，都洋溢着一种友好而真诚的笑容。

这让我想到，美国的大学，是不是更像没有围墙阻隔的社会大学，不仅让学生更好地了解外面的世界，感受社会的真实，其实，更让人从内到外打开自我封闭的“心门”，正是没有了这有形、无形的墙，才消除了本应有的偏见，而更好地融入这个国家或社会。

而在旧金山——一座很前卫的城市，哪怕是不为世俗所容纳的同性恋，也为这里所接纳，成为全世界同性恋的天堂，并定期聚会，而这些“同志”也毫不避讳，有的还在家门口插着彩虹旗的标志，以示存在。

从旧金山飞圣地亚哥时，我在机场尝试上网，结果让我惊讶的是，找到机场的无线网络后，轻轻一点，就自动上网了，根本不用输入什么手机号码、密码。这让我想起，一个同学昨天在商场购物用信用卡支付时，商家只是轻轻地刷了一下，却没有验证身份，以及在支付票据上签名，让你内心涌起一股被尊重和信任的感动。

美国，是一个移民国家，包括美国的缔造者们。国民来自于五大洲、四大洋，也许正是因为如此，才形成了开放与包容的国家文化，在大街上，你可以看到不同装束、不同语言、不同肤色的人。他们中甚至不乏衣着暴露者，在车上，偶尔你抬头就可以看到有些年轻人在自家靠街的阳台上，毫无顾忌地半裸着身体，悠然地晒太阳，甚至在人口密集的公共场所公园里，亦是如此。

实际上，美国是一个多元文化的国家，不仅有欧洲大陆来的，也有非裔、亚裔等，不论你来自哪里，在这里都能找到乡俗、乡音，颇像国内年轻而有活力的特区深圳。我们在旧金山华人街，犹如进了国内任何一个城市的街道，商铺都有中文标识，饭店也颇乡土，有赣菜、湘菜、川菜等，甚至还可以看到“中国国民党驻美国总支部”。走在大街上，或商场、广场，包括很多景点等，都可以看到黄皮肤的亚裔或华裔，甚至中华习俗，大红灯笼、中国结等都在这里体现得淋漓尽致，让人感觉好像不是在出国。

有人说，美国是一个没有文化的国家，因为从 1776 年 7 月 4 日，大陆会议在费城正式通过《独立宣言》，宣告美国成立，至今才240 年。但其实，美国是有文化的，可以姑且地称之为“杂交文化”——多元文化的组合，只要价值观相同，管你原有的文化基因是哪里的呢，一样可以爆发出强大的向心力、凝聚力，而让人有归属感。其实，也正是因为这种不分地缘、种族的“杂交”，才为美国人植下了颠覆、创新的种子，从而突破地域文化的局限，而更好地实施创新。

2016 年 5 月 2 日　旧金山机场及飞圣地亚哥航班草创

5 月 3 日　加州大学圣地亚哥分校修改

探寻优秀企业成长基因

一家优秀的企业，该有什么样的成长基因？

作为一家老字号企业，在经济低迷的大环境下，是怎样保持企业持续成长的？企业如何才能跨过“生死期”，而保持二次创业的动力？企业竞争的核心，又该是什么？

抱着这样的想法，在五月和煦的暖暖阳光和从太平洋吹来的海风里，我们探寻了美国有着 77 年历史的硅谷优秀企业——惠普，旨在通过对其深入了解，找到中国中小企业可以遵循的发展路径，从而能够有所启发和借鉴。

办公环境，让员工舒心

惠普公司总部位于美国加利福尼亚州的帕罗奥多（Palo Alto）斯坦福大学校内。创业时以一美元的租金，租下斯坦福大学一块土地，租期 70 年，在车库起家，后来成为一家全球性的资讯科技公司。（斯坦福大学的创始人利兰·斯坦福及他太太是有眼光的，现在每年惠普都会给斯坦福大学几百万美元的捐助）

下了车我们就看到，惠普公司伫立在苍翠和碧绿的丛林间，建筑物透明的玻璃幕墙，不仅让室内显得格外明亮，而且也与室外融为一体。

走进去，大厅接待台一尘不染，工作人员面带微笑。桌子两端是两盆正在绽放的白色花朵，而透过玻璃，你能看到铺着的鹅卵石，还有栽植的各样的花草，而不远处，是白色的遮阳伞，下边放着茶几和椅子，我想，应该是供员工休息、交流、喝茶用的吧。再往前走，走廊左侧的一面墙上，是悬挂的显示屏，上面不断立体式地变幻内容，走近时，正播放落叶静美的画面，有些美轮美奂的感觉。而对面，是咖啡机台，摆放有冲烫咖啡所用的糖、奶以及杯子、搅棒等。

我抽空去了一趟洗手间，不仅每个格子都是用闪闪发光的不锈钢制作，地面和台面干净如新，而且，洗手台上方，还有电源插头，台上放着盛满了水的直饮水壶、杯子等。另外，擦手纸机也是智能的，只要把手过去，不用手拽，纸张就会自动出来。外面还有手按式饮水机，喝水非常方便，好似在酒店。有人说，美国最干净的地方，就是洗手间，惠普同样也是如此。

员工是企业的第一顾客，只有服务好员工，员工才能更好地服务客户。我想，当一个员工以加入企业为荣，把上班当成最快乐的事情，舒心而不烦心，这样的企业一定是与众不同的。其实，企业经营不但要考虑客户的利益，还要能照顾员工的需求，把工作环境打造成一个美丽漂亮的平台，员工心情舒畅，我想，效率也一定会提高的。在这方面，惠普做得很到位。

前瞻、客户导向，引领市场发展

美国的市场，是相对成熟的。也许正是因为如此，很多商店，包括一些服务行业，一到下午下班时间，就关门打烊了。门店也更多的是坐商，坐等顾客上门，与国内几近做直销相比，较为简单，也没有那么多的销售层级及渠道种类。但深层次，其实是把更多的市场或营销功能，上置到了制造企业，因此，企业的产品，必须能够满足，甚至引领客户的需求。

惠普是由斯坦福大学毕业的学生比尔·休利特和戴维·帕卡德于1939年创建。它的第一个产品是声频振荡器，也就是音响工程师使用的电子测试仪器。

1943年，在第二次世界大战期间，惠普抓住机会，向海军研究实验室开发出信号发生仪及雷达干扰仪，从而进入微波技术领域，成为信号发生器行业的领先者。

由于惠普在测试、测量产品市场中的强大优势，后来开始涉足于电子医疗仪器和分析仪器产品，并在1966年，成立惠普实验室，设计出第一台计算机产品（HP 2116A）。后来，又推出个人电脑产品，以及打印机等，现在形成了打印机、平板、云产品、服务器、台式机、笔记本等的产品组合。

在品牌文化上，惠普认为“企业的成功取决于多因素间的协调一致，这其中包括领导力、专注度、执行力，以及最为重要的——伟大的产品和服务……我们在继续引领核心市场中的产品创新，专注于云、安全以及大数据。”

“惠普的企业精神，是从斯坦福大学承袭过来的，惠普的核心竞争力，就是技术，因此，每年都会拿出营业额的7%～9%投入研发”，惠普商学院讲师周老师如是说。惠普2015年营收1100多亿美元，即使按7%来计算，也有70多亿美元，这也许才是惠普持续成长的强大基因。

也许正是因为惠普的产品研发能够得到持续重视与投入，以市场为中心，客户为导向，不断地引领和满足、创造市场需求，才有了今天惠普的行业地位与格局，而反观我们本土有些企业，不靠研发，靠抄袭，不重前端，忽略后端，缺乏对市场前瞻性的把握，这也许是致命性的缺陷。

企业变革，绕不开的话题

任何一家企业，发展到一定阶段，都会遭遇“天花板”或瓶颈，如果突破不了，企业就会陷入增长停滞，甚至衰退，作为信息产业“航空母舰”的普惠，同样难以避免。

早在2014年10月，惠普就宣布将“个人电脑、打印机业务”与“服务器、企业解决方案业务”分离，并在2015年，顺利拆分成功。那么企业为什么要这么做呢？原因是企业一旦规模庞大，必然会带来流程上的僵化，运营效率低下，给经营管理带来巨大的挑战。而惠普通过拆分，让双方各有侧重，且有较强的独立性，连企业LOGO都进行了修改，并从法律层面彻底撇清了关系。虽然拆分后的结果还未显现，但最起码，这是企业积极的改革举措，改革有风险，但不改革风险更大。

“通过拆分，我们的战略布局更加精准，效率大幅提升，组织架构更加清晰，我们对未来充满期待”，周老师说起拆分信心满满。

这让我想起，多年前，广州一家饮料公司，面对外部竞争形势的变化，没有与时俱进，及时调整自己的运营策略，流程繁杂，坐销思维根深蒂固，到后来深陷重围，企业轰然倒塌，让人扼腕叹息。

当然，也有通过主动改革而再上新里程的例子，这就是华为。华为曾花费 3 个多亿引入美国 IBM 咨询公司，重建流程及标准，并通过“先僵化，再优化，最后固化”模式，把咨询公司制定的一套标准，用要求僵化执行，再根据部门及岗位实际进行优化，最后把适合企业的标准固化的方法，提升了企业运营的标准，让华为拥有了再次振翅高飞的能力。

“除了老婆与孩子，一切都要变。”这是前三星掌门人李健熙说过的一句话，而海尔张瑞敏也说“变才是唯一的不变”。

穷则变，变则通，通则久。持续变革，不是瞎折腾，也不是无意义的内耗，建立在“致力于创新”“倾听顾客的意见”等为价值观基础上的惠普，相信变革会取得更大的成就。

人力为本，企业经营关键

“对人的信任”“相信、尊重个人，尊重员工”，是惠普在用人方面的原则，也许正是基于这样的用人观念，惠普才广纳贤才，甚至包括任用有争议的高管领导。

出生于 1954 年的卡莉，就是这样的一位人物。有人说她毫无远见，自我毁灭 Alpha，把关键技术寄托给外部公司（Intel）；有人说她毁灭惠普科技的底子，自降身价；有人说就是她将惠普推向深渊，她甚至还想参选美国总统……但惠普人怎么评价她呢？“她是一位有战略眼光的总裁，并且有自己独特的个人风格，很强势，同时精力充沛，意志坚强。”对卡莉很熟悉的周老师如此评价。周老师还讲述当年跟她一起到国外出差，一下飞机，不顾时差，就马不停蹄地开越洋会议，而她四五点就又起床锻炼身体，提高体能，她入住酒店，甚至让人把跑步机抬进她的房间，她没有节假日，简直就是铁娘子。

“当年高调收购康柏，就颇受非议，但现在回头看看，她的做法是对的，当时，企业经营业绩有了很大的增长和提高。”

“惠普公司聘用最优秀的人才，强调密切配合的重要性，鼓舞他们必胜的意志。这是惠普公司内在凝聚力和创造力的源泉。”惠普还采用矩阵组织架构，强调部门之间的协调与协作，正是因为普惠的这些不拘一格的人力理念，以及对员工的高度信任，才让大家激发出巨大的潜能，从而推动企业不断地迈向新的发展阶段。

为了让员工能有一个持续成长的平台，惠普还成立了自己的商学院，以帮助员工更好更快地成长，推动企业可持续发展。让有才华的人有较高的回报，让有才华的人有较大的发展空间。在惠普，50 多岁还一直做工程师的人大有人在，他们不擅长管理，却精于技术，他们也有着很好的待遇，因人适用，把合适的人，用到合适的岗位上，并得到较好的报酬，让人才各得其所。

……

时光匆忙，交流分享结束离开时，我再一次回望惠普公司右侧那高大的企业标志，七十余年的光阴，不能算太短，但它给人的印象和感觉，不像一个迟暮老人，而却像一个祥和、安宁、内心涌动着激情和有故事的西部牛仔，身上依然充满着生机与活力。

惠普公司门口的绿树，依然枝青叶茂，远处，那一树叫不上名字的，透红透红的花簇，正绚丽地绽放……

2016 年 5 月 5 日　美国圣地亚哥逸林希尔顿酒店

美国人的细节精神

在美国，如果你能待上几天甚至更长时间，你会发现，美国人特别注重细节。

这种细节，几乎无处不在。

傍晚，陪同学到一个加油站的便利店去买眼镜，走进去，我发现这家面积四十平方米左右的门店，功能非常齐全。不但有洗手间，还有ATM机，产品也非常齐全，不仅有吃的、喝的、用的，甚至各类报纸、杂志，散装的饮料、咖啡，你想要的生活用品，几乎都有。

而走出去时，发现便利店外面还装有残疾人按铃，左侧专门有轮椅标志及专门的残疾人通道。通道是有坡度的，与地平面缓缓结合，与此相对应的两个停车位都标识有“NO PARKING”（禁停），而走向路口时，发现人行道也有与加油站广场接轨的凹槽。美国人考虑事情真是周到。

这从侧面说明什么呢？美国人更重视或关注残疾人利益。甚至他们不把病人叫病人，而称为患者，把残疾人称为行动不便者，作为人民代言人的政府，围绕着弱势群体的需求，或者说在觉悟民众的推动下，来去做一些有利于他们的事情，我甚至悟到赵本山大爷为何在美国演出遭受抗议以致失败的原因了。

在圣地亚哥巴布亚公园，有一处儿童游乐场，铺设的都是弹性地垫，预防儿童滑倒摔伤。我还看到，在一处有着银行ATM机的公园路口，地面通往路面设有方便流水的小凹沟，一个梯形的防滑刻线非常醒目，提示你经过时，注意别滑倒。

在去中心广场的路上，我还看到一座正在修建的木栈道，几个身着工装的中年男人，悠然地做着各自的事情，旁边站着一位好像监工的正与他们交谈的警察。让人想不到的是，他们工作时竟然听着悠扬欢快的音乐，一副陶醉和惬意的神情，他们好像不是在工作，而是在参加一场舞会，他们是把工作当乐趣吧。这座木栈道我不知道已经修了多久，但我知道，按照这种工作状态进行的施工，一定会体现“慢工出细活”，而不会出现“豆腐渣工程”。

美国的厕所文化，也很有特色，当然，更多的也是关于细节的考虑。比如，在圣地亚哥到洛杉矶途中的一个商业区，我发现洗手间除了隔开的小便池以防止外溅，每个格子间底部也都是打开的，方便进来的人可以看到里面有没有人。不仅有挂包的地方，还有专门放置物品的凹在墙里的洞龛，每个厕间里，都放有一次性纸垫和手纸，洗手池位置，除了净手设施，一旁竟然还挂着欧式绘画，更离谱的是，这里还放着两台售卖机，出售护肤品和化妆品等，让人怀疑这是不是在厕所。

在美国，随处可见各种各样的醒目标识。比如，公路上的各种画线和指示标志，“One Way”（单行道）也很常见，咪表、自行车道、停车场、停车位、禁停标志等也都很规范。此外，美国的公共设施也非常完善，比如，各种造型的垃圾箱，隔不多远就有一个，能做到“垃圾不落地”，路面很干净。

在通往洛杉矶的高速公路上，我们发现有一条划着双黄线的类似于国内高速超车道，叫共乘车道，只准许两个以上的人乘坐的车在里面行驶，意在鼓励大家拼车，以节约资源，减少排放，保护环境。而在乘坐的巴士车窗上，还能看到紧急出口位置标志，而顺着箭头方向，可以看到把手，跟国内安全锤不同，把手每个车窗都有，只要按照指示方向旋转，玻璃就会破碎，不用砸，好操作。

此外，我在一些餐厅，比如，一家叫熊猫快餐的连锁中餐，看到的菜单，除了名称、数量、单价外，还标注有卡路里，以让消费者根据自身情况，更好地选择菜品组合。

美国人是友好的，尤其是白人，无论认识不认识，无论在哪里，即使是在电梯口、路上遇到，他们都会热情地“Hi，Morning”给你打招呼，脸上洋溢着真诚的微笑。如果你找他们合影或拍照，他们都会极力配合，甚至摆着各种动作或姿势。我想起在圣地亚哥老城的一家卖雪茄及烟具的商店，店老板戴着牛仔帽，穿着牛仔服，燃着雪茄，优雅地靠在柜台旁，与你很自然地合影留念，让人感觉很愉快。

在参观第二次世界大战退役航母中途号时，我还看到一些老年人解说员，身材枯瘦，弯腰驼背的，穿着制服，无论多少人在场，都尽职尽责。我不知道他们是不是志愿者，但凭我的印象，他们在自己负责的战斗机前，给你认真地做演讲和播放纪录片，并沉浸其中，好像又回到那个火热而残酷的战争年代。我猜想，他们应该是那场战争的亲历者，他们是在口述历史，他们厌恶战争，热爱和平。

一个国家对待弱势群体的态度，决定了一个国家的文明程度，而判断一个城市的文明程度，也许可以通过它的细节精神，来看它是不是满足了广大民众的愿望，从而提高民众的幸福指数，最终获得民众发自内心的支持，并拥有自豪感。

2016 年 5 月 5 日　美国圣地亚哥巴布亚公园

大洋彼岸的理想王国

“采菊东篱下，悠然见南山”，这是陶渊明的梦想和境界，但却也是报国无门而无奈的遁世之举，陶渊明如果生在美国，也许他能实现他的人生理想与抱负。

关于此文，首先要声明一点，美国不是天堂，它也有霸道、自负、不讲理、黑社会、杀人越货等阴暗面，甚至初创时，也靠掠夺、殖民，也曾有过内战，即使是现在，也还在海外有大量驻军，甚至是挑起区域事端的“罪魁祸首”。但美国也不是地狱，它有它丑恶的一面，但亦有可爱、优秀的一面，辩证地看待美国的过去与现在，我们可以更好地看清自己，从而迎合潮流，运筹未来。

美国有着健康的政治生态。小政府，大社会，是美国的一大特征，这也让美国很和谐。在美国是没有人上访的，因为它是法治国家，一切靠法律就有结果。同时，美国公民有集会的权利，这也许是民众情绪与诉求表达的宣泄口和问题解决的基础。

在美国，包括市政厅在内的政府部门，看起来有些“懒政”，它们跟老百姓一样过着双休生活，在我们参观旧金山市政厅时，由于是双休日，大门紧闭，连个保安都没有，更不用说有人值班了。这难道不是老子所说的“治大国若烹小鲜”的“无为而治”吗？规则制定好，各行其职，不专权，不越权，秩序自然会好。

良好的人文生态，是美国人精神内涵成功塑造的外在表现，这实际上也是一种国民素养。导游曾在车上问大家，“我们对于美国人最大的印象是什么？”大家说的最多的，就是美国人发自内心，一种很真诚、很热情的微笑。曾有一天傍晚，我们几个人出去散步，一位美国女士不知道从哪里冒出来，对我们说着流利的英语，经同学翻译才知道，是想帮我们拍合影。我一下子明白了，原来，她刚才看到我们在拍照，就主动过来搭讪，当她知道我们是中国人时，还比画起少林武术，并跟着我们学汉语，其间，她还很热情地跟我们拥抱，她夸张的姿态和动作，让我们这些男士们都有些不好意思，如果我们不说再见，我想，她还会跟我们继续交流的。

在美国，车让行人成了定规，你甚至很感动他们的耐心，到哪里都排队，也成了他们的习惯，甚至遇到像我们这样的“老外”，有一天回酒店时迷了路，找到一个女士询问时，她甚至拿起电话，帮我们打听。在公路上，车辆都是有序行驶，在已经过去的时间里，我从没有看到一辆车违规或占用紧急车道。无论是在商场，还是在酒店、饭店等消费场所，都没有人监督你，随意来去，这种基于对人的信任，让人感觉很舒服。

其实，美国也有“美国梦”，美国梦是什么？是一种相信只要经过努力不懈的奋斗便能达到想要目标的理想，无论你从事什么职业，都可以通过自己的勤奋、勇气、创意和决心达到人生的事业巅峰，而非依赖于特定的社会阶级和他人的帮助。相信很多国家的移民，其最初的动机，也许都是抱着这样的人生理想而前往的。在美国，我曾在不同的场合，比如公路旁，看到一个衣着光鲜的先生站在路旁，举着一个牌子“我需要现金”，而在巴布亚公园，我还看到一位年轻女士，带着几个旅行包，像似一个流浪者，在躺椅上休息看书，那种旁若无人和与世无争，让人叹服。

美国，还有着澄净透明的自然生态。也许跟发展阶段、国民意识以及相关法律完善有关，在这里，蓝天白云成了一种常态。在美国西海岸，我就发现，美国是一个恬静的国度，就如陶渊明诗里写的：“暧暧远人村，依依墟里烟。”由于地广人稀，城乡一体，到处可以看到森林、绿荫、草坪，不像国内城乡分化明显，城是城，村是村。虽然西海岸缺水，但你仍然能看到分布其中的天然及人工湖泊，他们就像分布在大自然中的一块块碧玉，恬适、安宁。在美国，高楼是不多见的，更多的是一栋栋小别墅，即使经济条件差一些的，也可以买木制的房子（类似于国内的经济适用房），但也很有特色和风格。而像洛杉矶，由于地处地震带，更多的都是木质结构的房子，但这并不影响他们对于生活的构想与热爱，他们的房子，往往离公路或马路很近，木梯、或红或白欧式建筑，屋前屋后花草点缀，打开门就与自然融为一体。从圣地亚哥到洛杉矶的路上，我还看到有些房子，打开窗户，就可以看到浩瀚的太平洋。这里的房子，没有防盗门窗，它们与大自然零距离接近，并有机地融为一体。我想到，美国人之所以平均寿命能达到78岁，也许跟他们的环境保护有莫大的关系，不仅要能吃到健康的食品，还要能呼吸上新鲜的空气。

虽然美国依然有这样那样的不足或缺陷，但我认为，作为人类来讲，美国应该是最符合人性的一种国家治理模式，因为无论是在精神层面，还是物质层面，他们都达到了人与自然的和谐统一。我想，也正是因为如此，他们才如此自信，如此有来自国民的强大力量，这种力量，也许会支撑美国模式，走得更远、更久。

2016年5月6日　美国洛杉矶安大略机场酒店

好莱坞为何这么牛

五月的洛杉矶，生机勃勃。霏霏细雨，也未能阻挡大家参访好莱坞的热情。

在好莱坞环球影视城，人头攒动，摩肩接踵，让你怀疑，这哪里有经济疲软或衰退的迹象？导游说，幸好今天是礼拜五，还不是游人最多的双休日或节假日，不然，场面会更火爆，这更让我有了探秘好莱坞经典的冲动。

在公园入口，我看到这里的工作人员专业且敬业，他们穿着影视剧里人物的服装，化着妆，比如，装扮成著名影星玛丽莲·梦露的美女，微笑着坐在马车上；在街头巡逻，眼睛四处张望，拿着木棍不断敲打着手掌的警察；还有《怪物史瑞克》中的史瑞克和菲奥娜公主……他们就跟电影里的人物一样，在路边，在道具上，或者走到路中间，自然而友好地向你打招呼或招手。如果你有合影的要求，他们会做着各种姿势，或蹲、或站、或探、或半蹲半跪、或弯曲身体，极力配合，让你一点都不拘谨。

走进全球影视城，犹如走进了一座梦幻世界，你可以看到影视剧里的各种建筑或设施，有白雪覆盖着房顶和屋檐垂着冰凌的城堡群，各种商店，还有星巴克咖啡，老式的蒸汽火车，水上一角，轮船、桅杆，还有购买了剧中人物着装的游客……

走进即将开启的水世界演出现场，三位组织者正在卖力地渲染气氛，他们通过泼水与比赛的方式，鼓动大家一起嗨，看哪一方阵的回应呼声最高，他们就像乐团指挥，做着不同幅度和含义的动作，而台下成千上万的观众，就像乐手，随着他们的手势而翩翩起舞，我想，这肯定会为即将上场的演员做一个充分的预热和铺垫，让演员更加投入。演出，从一艘快艇急驶过来，而不知不觉进入了剧情，主人公逼真的表演：受伤、跳海、拳击，以及精湛的技艺：攀岩、悬垂、驾驶，模拟的声音：枪声、直升机声、爆炸声，还有烟雾、电光、火光，让你身临其境，还有更让你瞠目结舌的，随着一架坠落飞机的沉闷声响，一架小飞机轰地一下，从对面高大的建筑物飞落下来，随后就燃起熊熊大火，它就在你面前几米远的水面上，让你的心都提到了嗓子眼儿。

游览环球影城著名的外景地，是一件有趣的事情。观光车是连在一起的，就像一列火车，一位有着较强亲和力的老年解说员就在最前面的那辆游览车上，而后边车辆的游客，也可以通过荧屏，看到和听到他的解说。我想，从他的动作与表情来看，他的解说应该是幽默风趣的，同时，每当讲到一部影视剧，画面就紧跟着切入和呈现，而一会儿就可以看到当年拍摄影视剧的现场演示：猛烈枪击与疯狂追逐，电闪雷鸣，大雨倾盆，山洪暴发，湖里突然跃起的大白鲨……这里有着各种风格的建筑、街区、车辆等，甚至还有逼真的坠机事故现场：折断的机翼，巨大的破裂而断开的机身，还有裸露的机舱里的座椅、破碎散落的物品……让你触目惊心。

木乃伊复仇过山车，让你感受恐怖和惊悚。游览车一启动，木乃伊和法老，就开始在幽暗隧道的墙上或上方，念着咒语，张牙舞爪地向你挥动双臂，狰狞的面孔、惨白的牙齿，披头散发、声音凄惨，忽上忽下地急速行驶，如是心脏不好的人，再有这样的节目，一定会退避三舍的。

在变形金刚3D虚拟现场，身材巨大的变形金刚们，在你追我赶中展现飞行仿真技术，有时，他们就跳在你的面前，场地在不断地变换，剧烈上上下下的过山车，让你有一种喘不过气的窒息感，而这时，车子就缓慢地停下来，让你稍微平复，然后，又开始了下一轮的追逐。

有一场枪战的影视，有飞车和翻车的镜头，你感觉好像就在你眼前，燃烧着的大火，让你有一种灼热感，有风时，便是冷飕飕，甚至，你会感觉对方在打向自己，而且有雾、有雨时，剧场真的会喷出雾和雨来，好像你就在其中。

无论哪一个影视节目，虽然时间都不长，但都有高潮和低潮，高低轮回，低潮过后，高潮迭起，让人大呼过瘾。

下午四点半，即将离开环球影视城时，我看到，汹涌的游客依然如一股洪流，大家在影视的梦幻里漂流，久久不舍离开。

听导游说，好莱坞环球影视城的门票大概需要八十美元，折合人民币五百多元，应该说价格是不低的，可它为何还能够吸引到那么多游人，有些游客，甚至漂洋过海来看它？

互动与体验，让游客有不一般的感受。在有些节目现场，主办方与现场观众的亲密互动，增强了游客的参与感，而体验过的，才更容易记住。其实，与顾客保持交流与互动，不让他们有局外感，更多地让他们成为其中一员，这种主客合一，应该是经营的至高境界。在影城“特效舞台”揭秘现场，主持人更多地让现场观众参与进来，展示特技表演，有的还糅合了魔术形式，虚实结合，与其他地方的景点是死的不同，这里的景点大都是活的，这也许是它的与众不同之处。

聚合和专业成就高度，也形成壁垒。好莱坞电影之所以能够风靡全球，也许跟这里大大小小众多的影视公司聚合在一起，形成整体实力与影响力有关，也跟他们高科技的专业度有关，无论是功能健全的拍摄基地，还是名目繁多的拍摄道具，尤其是高超的数码技术，让拍摄虚实结合，亦真亦幻，充满了诡秘的魔幻主义，影片美不胜收，观众充满期待。

价值链组合，持续赢利。在全球，好莱坞不仅电影赚钱，而且还可以通过出让赚钱。就像迪士尼不仅公园赚钱，出让迪士尼品牌授权，亦是赚钱的渠道。而好莱坞影视公司们，不仅看它的电影要付费，即使参观它的拍摄基地，亦要购买门票，影视卡通品牌出让，更能再赚一桶金，这也形成了一种良好的赢利闭合环，电影越精彩，上座率越高，影视公司作品知名度越高，知名度越高，越有助于影视公司组合产品出让，包括植入广告等，同时，也可以更好地吸引全世界各地的游客前来参观，最终形成一种品牌或地域文化，这种软实力，很难超越。

包容与良性竞争，让行业健康发展。好莱坞面积到底有多大，好像没有人能够说得明白，就像美国硅谷有多大，也无人说清楚一样。好莱坞影视基地，久负盛名的就有 21 世纪福克斯电影公司、梦工厂、米高梅、索尼、哥伦比亚、华特迪士尼、美国电影协会等，他们倾情合力打造好莱坞这一全球品牌，让其成为产业带、产业链的领军，不断地把市场蛋糕做大，在全球的影响力也越来越强，这种互相带动，有利于行业的健康与持续发展，并最终形成共赢的局面。

人才集拢机制，让好莱坞成名世界。美国自由、开放、包容的制度体系以及能者多得的激励机制、健全的社会保障，“淘金”和冒险，非常有利于高级人才留下来，形成平台强大的张力。在这里，优秀的演员和技术、专业高手，大都有用武之地，一个有着全球一流人才的好莱坞，怎么能不创造一流的经营业绩与市场成果呢？美国的经济之所以发达，也许跟美国汇聚了全球一流的高精尖人才有很大的关系。

老美很智慧，赚钱于有形与无形，手段非常高明。

2016 年 5 月 7 日

时代的英雄，不朽的伟业

在历史的长河当中，总有一些激越的浪花，在滚滚洪流中，成为一道靓丽的风景线，它们不为时光所泯灭，相反，它们会成为历史的丰碑，并熠熠生辉。

在美国的历史上，国父华盛顿以及废除黑奴制的林肯，也许就是这绚丽的浪花当中，最璀璨的两朵。

华盛顿的家族，原本是种植园主，可以过着饮食无忧的生活，可他在参加了英法战争，并试图成为英军官的梦想破灭后，神使鬼差，他成为了大家推选的殖民地总指挥。虽然他舍不得他心爱的弗吉尼亚家园，但他还是接受了这个责任，并在上任时宣称除了必要的开支外，不须付给他任何额外报酬。

在英国承认了美国独立后，他解散了他的军队，发表告别演说，解甲归田。1789 年，他以全票当选美国第一任总统，他的庄园曾广达 32 平方千米，拥有大量土地，但手头现金并不多，常常四处借贷，在成为总统时，甚至得借款 600 美元搬家到纽约以执掌政权。他建立和完善民主法制，成立最高法院，并创立民主政体，开创合众国银行，在第二届任期结束后，他不顾大家苦苦挽留，自愿放弃权利，不再续任，再次恢复平民生活，隐退在弗农山庄园。

美国有这样一位德才兼备的人作为第一任总统是幸运的，他意志坚定，保持了国家的统一，却无永远把持政权的野心，他开创了主动让权的先例。

晚清福建巡抚、闽浙总督、总理衙门大臣徐继畬所著的《瀛环志略》中评价他：华盛顿，异人也。起事勇于胜广，割据雄于曹刘，既已提三尺剑，开疆万里，乃不僭位号，不传子孙，而创为推举之法，几于天下为公。其治国崇让善俗，不尚武功，亦迥与诸国异。余见其画像，气貌雄毅绝伦，呜呼，可不谓人杰矣哉！美利坚合众国之为国，幅员万里，不设王侯之号，不循世袭之规，公器付之公论，创古今未有之局，一何奇也！泰西古今人物，能不以华盛顿为称首哉。此评论可谓中肯。

在美国，可与华盛顿齐名的，应属第十六届总统林肯，他是美国历史上黑人奴隶制的废除者。在任总统期间，出台了《宅地法》《解放黑人奴隶宣言》，他领导北方军队打败了南方分裂势力，维护了美利坚联邦及其领土上不分人种、人人生而平等的权利。

林肯出生在肯塔基州哈丁县一个贫苦的家庭，用他自己的话说，他的童年是“一部贫穷的简明编年史”。小的时候，他帮助家里搬柴、提水、干农活，他甚至还当过摆渡工、种植园工人等，苦难的生活，培养了他坚强的意志力，以及独立思考与处事的能力。他还是一个热爱读书的青年，常常挑灯夜读到很晚，青年时代就通读了莎士比亚的全部著作，读了《美国历史》以及其他历史和文学书籍。因此，虽然他的学历不高，但他却通过学习，成为了一个意志坚定的智者。

在他当选总统后，他曾提出“民有、民治、民享”的治国理念，但却在他连任总统的1865年4月14日晚，在华盛顿福特剧院观看喜剧《我们的美国亲戚》时，一名拥护奴隶制的狂热者约翰·威尔克斯·布斯，平静地掏出枪，瞄准了林肯的左耳和背脊之间……凶手共开枪8

次，林肯被击中6次，其中5次击中要害。据说，林肯遇刺时，他好像也有预感，因此并没有惊慌，有人说，他是以自己的牺牲，来换取国家的统一，以自己的舍身，来争取南北方的团结。

共产主义理论革命导师马克思曾高度评价林肯："他是一个不会被困难所吓倒、不会为成功所迷惑的人，他不屈不挠地迈向自己的伟大目标，而从不轻举妄动，他稳步向前，而从不倒退……总之，他是一位达到了伟大境界而仍然保持自己优良品质的极其罕有的人物。"

历史学家称华盛顿为国父，林肯为国家的拯救者。在美国，每年二月的第三个星期一是"总统节"，以纪念这两位伟大的领导人为美国做出的贡献与功绩。

五月的华盛顿，气候宜人。作为南北分界线的波托马克河，河水很丰盈，河岸的绿树、花草，都在阳光下自由地生长，它们静静地守护着这片土地，聆听风里的歌声。

我，站在华盛顿特区的国家广场，仰望华盛顿纪念碑，以及远处的林肯纪念堂，思忖感慨良久：伟大的时代，需要伟大的人物。正是因为有了华盛顿，才有了美国的创立，才有了从世袭制到议会制。杰斐逊起草了《独立宣言》，核心阐述了政治体制的思想，即自然权力学说和主权在民思想；"美国宪法之父"詹姆斯·麦迪逊以及亚历山大·汉密尔顿制定了《美国宪法》；林肯颁布《解放黑人奴隶宣言》。由于他们的奠基，才有了美国今天的盛世，他们都是迎合时代潮流而产生的伟大人物，他们审时度势，顺应时势，成就了国家，也成就了自己。

完善的国家制度，包括自由、平等、民主等，需要过程，甚至要付出巨大代价。华盛顿领导了美国的独立战争，制定了美国宪法和民主政体，比如，开创议会制，最高权力在议会。而林肯的《解放黑人奴隶宣言》和《宅地法》，则是在经济要素遭遇桎梏而难以突破的当儿，顺势而为推动的，这极大地释放了美国社会潜藏的能量，尤其是黑人农奴的积极性，促进了经济的发展，但他也触犯了美国南部奴隶主的利益。最终被刺杀，其代价也是较为惨重的。但人类发展的历史，没有流血，哪里会有进步呢？

进退之间，成就自我。华盛顿领导的革命战争，多次遭遇失败，他本身也没有过高的军事指挥才能，但为何还是被大家所广泛爱戴？

其中有一条，就是别人难以做到的，他却做到了。他摒弃了人性的贪婪，懂得进退之道，在大红大紫之时，果断退出，绝不含糊，这不仅让自己成为典范，亦为后来者提供了样板。作为林肯，亦是如此，当格兰特将军大败南军时，他没有下令追杀，而是放南军一马，他以一颗善良和悲悯之心，竭力减少自相残杀，因而赢得了南军的好感与尊重。

他们都称得上响当当的英雄，他们也都创造了难以超越的丰功伟绩！

2016 年 5 月 8 日　华盛顿

人性的光辉

在美国首都华盛顿中心区宪法公园的小树林里，有一座越南战争纪念碑或叫越战墙，纪念碑由用黑色花岗岩砌成的长 500 英尺的 V 字形碑体构成，用于纪念越战时期服役于越南期间战死的美军官兵，黑色的大理石墙上依每个人战死的日期为序，罗列着美军 57000 多名 1959—1975 年间在越南战争中阵亡者的名字。

设计者是著名华裔建筑师林璎，也就是大家所熟知的林徽因的侄女。当时政府征集方案时，要求必须满足四项基本要求：①纪念碑本身应该具有鲜明的特点；②要与周围的景观和建筑物相协调；③碑身上镌刻所有阵亡和失踪者的姓名；④对于越南战争，碑身上不要有一个字的介绍和评价。在被隐去名字参选后，当时才 21 岁、大三的她，获得了最佳设计，可由于是华裔且内容没有体现军人的“高大上”，因此，遭到一些人，尤其是越战老兵的强烈反对，但当议会第二次评议时，所有评审员，还是一致推举该作品，理由是，我们看重的是作品，而不是人，最后终于获得通过。

对事不对人，这就是老美的价值评判。

这座纪念碑造型独特，从远处看，如同大地开裂一般，有着强烈的视觉冲击力，又好像地球被狠狠地砍了一刀，留下了这个不能愈合的深深伤痕。黑色的、像两面镜子一样的花岗岩墙体，两墙相交的中轴最深，约有3米，逐渐向两端浮升，直到地面消失。倒写的V型的碑体向两个方向各伸出200英尺，分别指向林肯纪念堂和华盛顿纪念碑，林璎自己解释为“（活人和死人）将在阳光普照的世界和黑暗寂静的世界之间（再次会面）”，也预示战争是没有胜利的，只有死伤，战争，是抬不起头的。

越战，对于美国人来讲，是一场噩梦，不仅给当事国越南带来了深重的灾难，让人民流离失所，无家可归，也让美国军队在遭受巨大伤亡和损失后，无果而退。青青芳草地，沾着晶莹的露珠，仿若亲人的眼泪，阳光从浓密的林隙里洒下来，地上一片灿烂，而黑色的墙静默着，有些名字的前面零散地摆放着鲜花，是有人在祭奠逝去的人。

不远处，朝鲜战争纪念碑，是提醒人们永远不要忘记那场被“被遗忘的战争”，纪念碑赞扬了在1950—1953年的冲突中失去生命的美国士兵，是为纪念战争中阵亡的美军士兵和联合国士兵而建。纪念碑是用数百吨黑色花岗岩建成，碑身上隐隐若现穿着雨披的十九位士兵，他们来自不同兵种、不同民族，躬着腰，在恶劣的天气里，艰难地爬上韩国的一座小山，他们的目标，是为保持韩国为一个独立的国家。这些士兵的面部表情是沮丧的，是忧郁的，也是恐惧的，可他们的形象却都是真实的，都是根据当时朝鲜战争编发的新闻照片而摹刻的，随着脚步移动，碑刻反映出不同的画面，让人仿佛置身战场，感受那炮声隆隆、血肉横飞的残忍战争场面。最后，所有这些都指向前方的纪念池，在那里，纪念着朝鲜战争中失去生命的54269个美国军人，雕刻的题词恰如其分：“我们的国家把荣誉献给她的儿子和女儿，他们响应号召来保卫他们从来不知道的国家和从来没有见到过的民族。”

在美国，不仅战死的士兵是英雄，而且被俘的士兵，同样也是英雄。美国过去也是禁止主动投降的，要求士兵战斗到底，直到有个先例，即第二次世界大战时菲律宾巴丹半岛美军在弹尽粮绝、增援无望的情况下，乔纳森·温莱特将军率众投降之后，美国全国掀起了一场关于到底是军人荣誉重要，还是人的生命重要的大讨论。最后罗斯福宣布修改相关条例，规定了在三种情况下可以投降：一是军队已经尽最大努力仍然无法挽回败局；二是弹药和食物消耗完毕而在可预见的将来不会得到有效补充以维持战斗；三是伤亡率超过 60% 可认为部队已经丧失成建制的战斗力，可以投降。美军这种“体面的投降”，反映的是一个国家对于士兵生命权的尊重。美国近年来枪击事件不断，可为何不禁枪？那是因为在美国，根据宪法，每个人都有最起码的生命保护权。

美国南北战争中，著名的南方联军司令李将军投降及其后续的故事，更让人动容。面对投降还是继续抵抗，他也犹豫许久，作为美国西点军校毕业的高才生，视军人荣誉超过生命的李将军，面对高傲的南方军队和人民要求将军不能投降，建议在将军的带领下，把妇女和儿童也组织起来，从而打一场旷日持久的游击战、全民战，以拖垮北军，转败为胜。但李将军果断地拒绝了，他认为如果没有前线和后方，到处是战场，如果妇女儿童都拿枪参战，那是对人民生命的不负责任，那样，会招致枪杀和疯狂报复，这是绝对不可以的。他认为，战争是男人的事情，妇女和儿童应该远离，这与日本曾有的“一亿玉碎”的做法和价值观，千差万别。

在受降仪式上，李将军披挂一新，而北方格兰特将军穿着士兵的衣服，纽扣也没扣，也没带指挥刀。两人相见，表现出来的是英雄相惜的心情。受降是在一个私人住宅里进行，格兰特将军不想让李将军难堪，尽可能地保持低调，他对李将军毕恭毕敬，寒暄好久之后，还是李将军主动提出了受降一事。同时，格兰特将军不仅同意了李将军关于军粮供应、每个人可以牵上一匹战马等要求，而且还下令联邦部队不许庆祝，因为南方联盟将士“又是咱们的同胞兄弟了”。

美国人民，无论南方和北方，都没有把李将军当成战犯和敌人。

这场内战结束后，没列战争罪犯，也没开军事法庭，没有追捕，也没有四处躲藏。不久，林肯政府还签署了特赦令，允许南方将士安居乐业，而李将军在签了协议后，婉约了亲朋故交的邀请，来到弗吉尼亚一个小镇，受到当地人民的欢迎。后来这里建立了一所大学，当地人民以将军的名字命名这所大学，并邀请他出任校长，李将军答应了，在以大学校长的身份和一贯的高贵精神哺育莘莘学子的事业中走完了波澜起伏的一生。

在华盛顿街头，有李将军骑着战马的铜像，在距离他当年投降联邦只有几十千米之遥的弗吉尼亚军事学院要地的李氏教堂，供奉着李将军汉白玉雕像，让人肃然起敬。

“胜利者书写历史”的惯常规律，在美国难觅踪影，在美国人眼里，没有“成者为王、败者为寇”的价值观，他们不以成败论英雄，更多地放眼未来，去考量如何让这样的悲剧永远不再重演。美国的历史教科书，没有太多的对与错、敌与我、褒与贬，没有太多的立场与评价，他们只让你思考，什么才是人性的，什么样的行为，才最具有人性的光辉，什么是伟大，什么是永恒。

（本文参考文献：百度百科《朝鲜战争纪念碑》《越战战争纪念碑》及贴吧 M4 蟹儿慢《美国内战中投降的罗伯特·李将军为何赢得了所有人的尊重》）

2016 年 5 月 9 日　美国华盛顿至费城途中

自由的钟声

我，站在这口钟前，沉默着，不说话，它，也静静地低垂着，亦不说话，我知道，这是我们各自的自由。

对，这口钟，是自由的钟，它自从离开它的母亲英国伦敦著名的怀特佩尔铸造厂之后，便肩负了使命，便不再是原来的钟。

它原本是为宾夕法尼亚州议会为其位于费城的众议院制造的，目的是开会时能够鸣钟召集议员。慢慢地，它就成了一口富有意义的钟，它的身上有一行铭文：直到各方土地上的所有居民均宣告自由。这是为了纪念 50 年前即 1701 年威廉·佩恩在宾夕法尼亚这块殖民地上给教友会各首领颁发特许权状这一历史事件而题写的。

由此，我想到了“万恶”的美国“霸权”，甚至想到了它到处“插手”国际事务，到处充当世界“警察”，原来，它还有着这么深远的“主义”或渊源。

于是，这口钟啊，就真的不再是平常的钟了，它就成了一口有信仰、有故事的钟，是自由的人士赋予它特殊的身份与期待的钟。

这口我面前的，位于费城的钟，亦是一口承载了美国历史的钟，虽然它鸣响的机会并不多，但每次的鸣响，都代表了美国搏动的心脏和进步的荣光。

“向世界所有的人们宣告自由”，自由钟是费城的象征，更是美国自由精神的象征，亦是美国人的骄傲，它曾经记录了美国早期历史上最重要的事件。

1776 年 7 月 8 日，它为第一次当众公开宣读《独立宣言》而鸣响，那是石破天惊的声音；后来，它又为合众国宪法通过而鸣，那更是人类亘古未有的先例；后来，它又为送富兰克林赴英陈请而鸣，为召集市民讨论英国颁布的《糖税法》和《印花税法案》而鸣，为华盛顿逝世而鸣……它的每一次鸣响，都是一次变革或纪念，虽然，它的声音并不洪亮，但却一次次彰显了美国的自由和独立精神的释放。

自从美国革命之后，这口自由的钟日益活跃：它为争取自由的妇女运动，作为国宝在美国巡回展览；第二次世界大战时，也被电台广为播送；黑人争取投票权，曾围绕它静坐；黑人民权运动领袖马丁·路德·金在《我有一个梦想》的激情演讲中，那一连串气势磅礴的排比句反复高喊的就是让自由钟钟音响起……

两百多年来，自由钟以自由为主题，为美国不同历史时期的不同历史阶段而鸣响，也为美国历史的发展而不断地添加新的注脚。虽然这口钟上，有一条深深而长长的裂痕，但却成了一种残缺的美，其实，真正的自由，哪能是免费而轻易获得的……

匈牙利著名的爱国诗人和民族文学的奠基人裴多菲曾以诗赞美自由："生命诚可贵，爱情价更高。若为自由故，两者皆可抛。"作为革命的民主主义者，1849 年 7 月 31 日，他在瑟克什堡大血战中同沙俄军队作战时英勇牺牲，年仅 26 岁。为了自由，一切皆可抛弃，哪怕生命。

自由是什么？自由是风，是我们依赖的空气。"不自由，毋宁死"，这句源于苏格兰裔美国人帕特里克·亨利在 1775 年 3 月 23 日于殖民地弗吉尼亚议会演讲中的最后一句话，鼓舞了多少内心里渴望自由的人士。人应该是自由的，就像人不能离开空气，离不开风吹，没有自由的灵魂与躯体，活着还有什么意义？

自由是火，也是光。可以燃烧腐朽，照亮未来。一切的、将熄的、独裁的、专制的，都将被毁灭与埋葬，而蓬勃的、阳光的、明亮的、给人温暖的，都将绽放璀璨与光芒。

自由是血，亦是钢。一切的掠夺与侵占，都将换来血债血偿，鲜红的血，不会白白流下，必将是人性在血腥里，泛出的美丽花朵，它拥有血的意志，亦具有钢的坚强，它会向旧的秩序开枪，而迎来黎明的曙光。

自由也是春天，更是永恒。自由给人带来希望，自由让人充满幻想，就像遥遥相望的纽约自由岛自由女神像的座上 Emma Lazarus 碑铭所写的美国精神："给我你那劳累，贫穷，蜷曲渴望呼吸自由的身躯，可怜被遗弃在你们海岸的人群们，交给我吧，那些无家可归的社会、颠簸流离的人们。我在金色之门高举火炬。"自由就是这么蓬勃，它将是人类的永恒。

这自由的钟声，一定是悠扬的，它会飘进每一个人的心中，无论是在世界的何处。因为这种自由的精神，更是人性的声音，它多像一首歌。一首有言、无言的歌。歌里，有人民美好的愿望，歌里，有人类无限的向往。

2016 年 5 月 9 日　美国费城自由钟纪念馆

一座城的荣耀

在美游学的最后一天，我们造访了纽约。

有人说，不到纽约，就不算到了美国。为什么呢？大概是因为纽约的卓越不凡：它是美国最大的城市，在美国，它人口最多，又被称为世界的金融中心，纽约证券交易所是世界第二大证交所，华尔街是全球经济的晴雨表，纽约时报广场，被称为“世界的十字路口”……

现实的纽约，跟我们印象中的纽约，是不大相同的。原来的想象，纽约应该到处是摩天大楼，应该是宽阔的街道，马路上充斥着各种豪车……但实际上却是，这是一座有些破旧的城市，林立的高楼虽然很多，但低矮甚至随意涂鸦的老房子也不少，很多街道是窄的，以致不得不采取单行道通行，车子是不少，但比起深圳、上海、杭州等豪车云集的国内城市，甚至有些寒酸。但这座城市，却是一个值得尊崇的城市，它有太多的象征意义，甚至远远超出城市本身。

2001 年 9 月 11 日，美国发生了一件震惊全世界的大事：两架被恐怖分子劫持的民航客机分别撞向美国纽约世贸中心一号楼和二号楼，两座建筑在遭到攻击后相继倒塌，其他五座建筑物也不同程度受损，这次恐怖袭击共有 2996 人死亡或失踪，举世震惊。而据有关材料显示，在遇袭撤退时，大家主动让妇女和儿童优先。此次袭击，仅消防员就牺牲了 700 余人，大都是在上去救人时，楼房再次坍塌所导致。

新建的至今还未完全竣工的世贸大厦，在阳光下静默着，它的无语，应是一个时代的感伤，它在原有的废墟上重建，提醒前来参观的人，不要忘记恐怖袭击带来的巨大灾难，打击恐怖主义，应是人类共同的行动。

哈德逊河畔的自由女神像，又叫“自由照耀世界”，是法国于1876年为纪念美国独立战争期间的美法联盟赠送给美国的礼物，她穿着古希腊风格服装，头戴光芒四射冠冕，七道尖芒象征七大洲。右手高举象征自由的火炬，左手捧着《独立宣言》；脚下是打碎的手铐、脚镣和锁链，象征着挣脱暴政的约束和自由。此时，她在和煦的暖风和明媚的阳光里，依然安详与平和。哈德逊初夏的河水，有些浑浊，轮船的轰鸣，打破着这里的宁静，远处河面上，1883年建成，耗尽了约翰·罗布林一家心血的布鲁克林大桥，横亘两岸，它是当年世界上最长的悬索桥，也是世界上首次以钢材建造的大桥，落成时被认为是继世界古代七大奇迹之后的第八大奇迹，被誉为工业革命时代全世界七个划时代的建筑工程奇迹之一。

华尔街，依旧古朴，甚至有些冷清，股市的起起伏伏、跌跌宕宕，让纽交所成为大家关注的焦点。华尔街与百老汇大街交汇处的那头“象征着力量与勇气”的铜牛呢？在金融市场的风雨里，依旧仰着头，接受着来自四面八方的祈愿，可股市呢，依然按照它自有的规律运行。其实，牛，是任劳任怨的，并无太多苛求，不能满足的，是人永远也填不满的欲望的沟壑。

也许来的较早的缘故，可以看到纽约的街头，在这里上班的急色匆匆的人潮，他们步履轻快，有的还一边吃着东西，一边走路，他们穿着西装，打着领带，处处体现着职业精神。纽约，是美国最适合创业和造富的地方之一，无数的精英在这里勾画着未来的蓝图，这里是全球经济的风向标，既可以让你一夜暴富，亦能让你穷困潦倒。

象征着美国经济复苏的帝国大厦，是纽约的标志性建筑，站在八十六层，可以俯瞰纽约全貌：鳞次栉比的高楼群落，泛着粼粼波光的哈德逊河，逶迤着的布鲁克林大桥……凭栏临风，风景这边独好的感觉就会慢慢袭上心头。

联合国大厦，要与洛克菲勒家族连在一起。大厦并不属于美国领土，是联合国花了 1 美元从洛克菲勒家族购得，而洛克菲勒是有眼光的，以几乎免费的方式，激活了周边的土地价格，不愧为商业地产策划的高手。洛克菲勒中心包括十九幢大楼，占地 22 英亩，建筑群的中央是一个下凹的小广场，广场正面有一座金光闪闪的希腊神普罗米修斯飞翔着的雕像，周围插着万国国旗，显示着洛克菲勒家族在纽约的实力和影响力。

时报广场（有人称为时代广场），是因为《纽约时报》早期在此设立总部而得名。广场周围聚集了近 40 家商场和剧院，百老汇上的剧院、霓虹灯、街头艺人，成了这里不可或缺的文化元素，这里还有包括美国广播公司等在内的多家新闻媒体在此设立的演播室和新闻中心。时报广场异常繁华，广场高处上的巨型电子显示屏，不停地闪烁，就在最上端，我还看到了中文“新华通讯社”的字幕，那一刻，我内心非常激动，这是与祖国的另一种形式的重逢。

从时报广场出来，我走到 50 大街，顺着大街往北走，我看到三一教堂那欧式风格而尖尖的塔顶，它们就像雨后的春笋，拔地而起。

纽约唐人街，应该算是全美最大的华人聚集地了吧，中午和晚上，我们都在这里不同的中餐馆就餐。在这儿，我们看到的大都是黄皮肤的华人，各类商铺扎堆林立：饭店、商店、药店、理发店、礼品店，甚至还有海鲜店，这里还有华语学校，就在街头，孔子的雕像高高地伫立着。中华文化，就是中华民族的魂魄，无论走到哪里，他们如影随形，难以割舍。

纽约，是一座伟大的城，不仅有象征着美国精神的自由女神，更有叱咤全球的纽交所、华尔街；不仅有百老汇，还有曼哈顿；不仅有洛克菲勒中心，还有联合国总部；不仅有帝国大厦，还有历史悠久的布鲁克林大桥、三一教堂。它集物质与精神于一体，既简约明了，又有强烈的现代感。

有人说，一部美国西海岸的历史，是一部华裔劳工的血泪史，而一部东海岸的历史，则是一部墨西哥裔劳工的血泪史，这难道是一个国家发展的必然代价吗？还是一个城市富有人文关怀必不可少的阶段？

聆听缓缓流淌的哈德逊河，我在思索，亦在咀嚼……

2016 年 5 月 10 日　纽约时报广场

探秘美国现象背后的基因组合

美国，从地缘上来看，不像欧亚非大陆那么紧密、辽阔，相反，它西靠太平洋，东临大西洋，作为它所在的北美洲的面积，也不算大。但就是这样一个只有 240 年历史的美国，为什么能够如此强大，成为世界上头号的政治、经济、军事大国？它是通过什么样的途径，来达到今天这种状况，甚至吸引全世界的人都纷纷前来呢？我们不妨探秘美国的“前世今生”，看看都曾发生了什么。

美国基因一：混搭移民，民族文化的发端

美国，应该说起源于当时欧洲一些探险者。

古老的北美大陆，原来只有当地的土著居民印第安人，英国探险者的到来，改变了这里的人口结构。但是，虽然他们带来了食物和工具，但却没有足够的收入来维持他们的生活。

直到一个名叫约翰·罗尔夫的农民来到这里，把只有在西班牙才可以种植的烟草，移植到了詹姆斯敦，并获得了良好的收成。1616 年，看到了前景的英国又对北美的烟草种植进行了大量投入，收获颇丰。1619 年，又有 1000 多名定居者来到这里安家，30 多年后，这里已经有了 2 万多名定居者。从这个意义来说，前期的美国是靠烟草的发展建立起来的。

这些人又继续开拓了大西洋的沿海地带，过着他们原来没有过的优越生活。后来，又有千千万万的欧洲人跟随他们的脚步横跨大西洋来到

这里，并相继建立了13个独立的殖民地。爱尔兰人、德国人、瑞典人、荷兰人……他们频繁在哈德逊河口上的一个小岛上展开贸易，这个原来叫新阿姆斯特丹的城市后来就发展成了今天的纽约。

实际上，最初的北美移民主要是一些失去土地的农民、生活艰苦的工人以及受宗教迫害的清教徒，有自愿和非自愿的“契约奴”以及乞丐、罪犯，还有从非洲被贩运来的黑人。最初的时候，第一批不远万里从欧洲各地来到新大陆的定居者，是为了追寻财富和自由，但是一个半世纪后，谁也没有想到，他们的后代却在为自己的独立主权进行着艰苦卓绝的斗争……

自从哥伦布发现了新大陆，这里便成了淘金的天堂与热土。其实，无论是追求财富也好，还是追求自由也罢，物质的，还是精神的，他们大部分都属于一批有追求、有理想的人，而作为处女地的北美新大陆，就给他们提供了施展抱负的平台，他们不断地开疆扩土，以实现他们的自由和财富梦。

1620年，是应该记住的年份，一批英国移民乘“五月花号”到北美并在船上制定《五月花号公约》，内容为组织公民团体，拟订法规等，从而奠定了自治政府的基础。这，也可以看作是美国民主的萌芽。

正是这种来自不同地域、不同国家、不同民族、不同肤色的多元文化的组合，促使了美国建立时制度的全面性与优越性，从而能够产生更符合人类理想国家治理的文化基因。

美国独立前，是没有自己统一文化的，但正是这种看似无，却又是最好的有，由于没有太多的先前文化羁绊，从而能够更好地产生创新，包括政治、经济、文化、社会，这是美国制度顶层设计的良好发端。

深厚的文化渊源，尤其是沿袭下来的文化传统，到底是好事还是坏事，我认为要一分为二去看。就像中华文化博大精深，源远流长，滋养了中华民族五千年，但封建的、落后的保守或中庸文化，却也阻挠了中国现代化的改革进程，根深蒂固的隐忍与奴性，让近现代的中国逐渐失去了先发的优势，在工业革命的浪潮中，被西方所赶超，而远远地被抛在后边。改革是痛苦的，有时需要自我的否定，但这又需要很大的勇气，甚至断臂扼腕的决心与意志。多年来，修修补补，头痛医头，脚痛医脚，容易迷失方向，而180度的大转弯，又充斥着风险，该何去何从，国人应当思量。

美国基因二：制度设计，利国利民

美国的政治体制为宪政联邦共和制，采取三权分立的原则，将行政、立法、司法下放给总统、议会、联邦法院。

美国总统每四年选举一次，个人最多只能任两届（由于第二次世界大战的原因，获得长达12年任期的富兰克林·德拉诺·罗斯福总统例外）。虽然总统和副总统选举是由全民普选方式举行，不过产生方式是由选举人票（选举人由民选产生）所决定。因此，在很大程度上，能够代表真正的民意。

美国国会是最高立法机构，由美国参议院和众议院联合组成。国会的主要职权有立法权、行政监督权、条约及官员任命的审批权（参议院）和宪法修改权以及对总统、副总统的复选权等。两院议员由各州选民直接选举产生。参议员每州2名，共100名，任期6年，每两年改选1/3。众议员按各州的人口比例分配名额选出，共435名，任期两年，期满全部改选。两院议员均可连任，任期不限。参众议员均系专职，不得兼任政府职务。议员由于是选民直接选举产生，因此，他们要想获得选民的支持与投票，就必须要倾听选民的心声，代表选民说话，为选民办事，形成真正的为人民服务的政府机构。同时，它的专职机制，不仅体现了专业化和专业度，而且有利于议员集中精力，心无旁骛地为老百姓服务，而不是兼职或挂个头衔，只起到一种摆设或“花瓶”的作用。

此外，国会可通过不需要总统签署的决议案，它们无法律作用。国会对总统、副总统及官员有弹劾权，提出弹劾之权属于众议院，审判弹劾之权属于参议院。美国设联邦最高法院、联邦法院、州法院及一些特别法院。联邦最高法院由首席大法官和8名大法官组成，终身任职。联邦最高法院有权宣布联邦和各州的任何法律无效。

美国法官实行不可更换制、专职制、高薪制、退休制，因此保证了司法的廉洁、高效，减少了贪腐的机会。

美国宪法的主要内容是建立联邦制的国家，各州拥有较大的自主权，包括立法权；实行三权分立的政治体制，立法、行政、司法三部门鼎立，并相互制约。宪法规定，行政权属于总统，国家元首和政府首脑职权集中于总统一人，总统兼任武装部队总司令，总统不对国会负责。总统的行政命令与法律有同等效力。宣战权利归于议会，总统无权直接宣战。这就形成了权力制约，并最终“将权利关进制度的笼子里”，减少了以权代法、干预司法，创造了一个良性的司法环境，形成人人监督的管控机制。

同时，美国采取多党竞选制，虽然这种做法，也代表了一定的财团利益，但由于投票权在老百姓，因此，仍然能够代表最广大的人民的利益。

曾看过一篇文章，题目是美国的穷人为什么不闹事，作者分析道：总统是老百姓自己选出来的，法律是老百姓参与制定的，即使贫穷，还有国家的失业补助等社会保障，有何理由再去闹事呢。我认为，作者的观点是有道理的。

美国基因三：税收，法治和教育，国家治理的“三驾马车”

美国，是一个以高税收、高福利运行的国家。虽然不同的州，收入不同，同时税率也不同，但整体来说，税率较高，这种高税收，可以调节贫富差距，让国民有更好的社会保障，这是美国社会稳定的基础。

走了美国很多地方，我发现一个有趣的现象，那就是法院的建筑异常显眼，在参观圣地亚哥古城时，第一个办公的地方，竟然是法官，而不是市长或警察，这实际上表明了法律至高无上的地位。

美国是真正的法治国家，并且违法的成本非常高。

比如，我们在公路上，很难看到随意变更车道，或违规超车等，为什么？两个因素，一个是严厉的惩罚，违法行为还会进入征信系统等；另外，就是会让当事人遭受高额的经济损失——除了交警开具的经济处罚外，保险公司还会给你涨价等。再比如，乘车时，除了司机不能喝酒，车上的乘客可以不可以喝？美国法律规定，如果车上有人喝酒，被警察发现，司机等同酒驾，如果车上有酒，比如空酒瓶，包括酒包装，也等同于酒驾。如果卖酒给未满 18 岁的青年，不但要给予经济处罚，而且还会在个人信息上记载“教唆未成年人喝酒”的不良记录。

美国公路上，有专门的“共乘车道”，允许两个人以上的车辆行驶，但不排除有人在副驾驶座弄一个假人。但千万不要以为高速没有摄像头就心存侥幸，如果有一天，路上巡警通过红外线设备发现副驾驶座上是一个没有心脏跳动的假人，那就将面临诉讼，并且打官司成本非常高，要到华盛顿联邦法院应诉，仅请律师，就要 5000 美元起步，还不包括自己的交通食宿，犯错成本非常高。

为什么很多国人喜欢跑到国外去疯狂购物，除了部分产品价格低，像服装、皮包、电子产品等之外，还有很重要的一点，就是国外的产品标准高，而且对犯错的企业处罚严厉。导游说，由于大众汽车对美国公众撒谎，这次有可能面临 150 亿美元的罚单。这就是美国，对严重的犯错零容忍，罚就罚得倾家荡产。

在美国，只有游行，没有上访，因为法律会让社会正常有效运营，无须借助人情和权利。在我们去参观旧金山市政厅时，由于是礼拜天，市政厅大门紧闭，无人值班，广场道路两旁的树荫下或草坪上，躺着枕着背包的游客，他们或看书，或酣然入梦，旁若无人。美国通过健全、规范的法制体系，实现了老子所说的“无为而治”。

美国的法律，是基于“人之初，性本恶”的基础之上，正是因为人性中有“恶”的成分，并且有可能会在一些条件下爆发出来，因此，需要制定制度加以约束与规范，这就是中国人讲的无规矩不成方圆。而反观中国式社会治理，除了法律不完善、滞后之外，还有一条就是更多的靠德治，靠要求，更多地通过宣扬道德模范、标兵、三好、五好等，以德服人，但这却没有法律的约束力，忽略了人性中“恶”的因素。这也就是为什么一些道德模范，也容易最后变成不道德的犯罪分子的原因。

胡适曾说过这么一段话：一个肮脏的国家，如果人人讲规则而不是谈道德，最终会变成一个有人味儿的正常国家，道德自然会逐渐回归；一个干净的国家，如果人人都不讲规则却大谈道德，谈高尚，天天没事儿就谈道德规范，人人大公无私，最终这个国家会堕落成为一个伪君子遍布的肮脏国家。诚哉斯言！

教育，是美国人非常看重的。在圣地亚哥古城，一个原来只有几十口人的地方，竟然都有一所学校，他们的监狱很小，就一个三四平方米左右的小铁屋，但学校却很大，一排房子，教室宽敞明亮，还有宿舍、厨房，功能齐全。由此可以看出，美国原始居民，对教育多么的重视。美国的学校，有公立，也有私立，但大学大都是私立的，它们不吃国家财政，因此办学会更加的自由与灵活，在我们访问学习的斯坦福大学、加州大学圣地亚哥分校等，都是出了很多位诺贝尔奖、优秀的企业家甚至总统的学校，这种兼容并蓄、开放、不拘一格、注重因材施教的大学，为美国各领域都提供了源源不断的高层次人才，保证了国家和社会的有序传承。

美国基因四：重视原创技术研发，持续创新

在美国，企业有更多的创新空间以及充足的创新平台，企业只需做好自己的事情。

美国的经济体系兼有资本主义和混合经济的特征。不仅金融发达，实体也发达，它们互相反哺，共生共赢。在这个框架内，企业就是要做好自己该做的事情，塑造品牌、创新产品或模式，服务和营销，作为政府，扮演的更多是保姆的角色，给企业提供平台和支持。

去斯坦福大学参观、学习，在谈到全球创新时，他们提到硅谷，因为这里出了好多优秀甚至卓越的企业，像普惠、谷歌等，但硅谷到底

有多大，它跨了多少行政区域，具体该是哪个政府管，无人知晓。而这种无边界，其实给企业提供了更好的发展条件，不要过多考虑政府对企业的干扰与限制，只需做好产品与市场。

在美国各地区，经济活动重心不一，他们甚至形成了不同的地域特色和产业带。比如，纽约是金融、出版、广播和广告等行业的中心；洛杉矶是电影和电视节目制作中心；旧金山湾区和太平洋沿岸西北地区是技术开发中心；中西部是制造业和重工业中心，底特律是著名的汽车城，芝加哥是该地区的金融和商业中心；东南部以医药研究、旅游业和建材业为主要产业，这种分工明确的产业布局，不仅降低了企业经营成本，而且产业带的形成，更增强了该区域在全球的影响力，有利于企业资源互补，最终形成有竞争力的产业供应链。

美国基因五：人权至上的国家

美国注重对人权的保护。《独立宣言》宣告：人人生而平等，经过被政府管理的人们认可并授予的政府权力才是正当的政府权力，人们为了保障人们的生命权、财产权和追求幸福的权力才建立政府，当政府违背这些目的时，人民有权力也有义务变更或废除政府，并根据人民的需要建立新的政府。

那么，人民如何使用权利废除违背人民意愿的政府？当时宪法起草人杰斐逊认为，只有百姓有持枪权才能将这种权力付诸实践。美国宪法规定，任何条文可以根据将来的情况加以修改，但百姓自由持枪这一条绝对不能改。因此，它被写在了美国宪法第二条修正案当中："人民持有和携带武器的权利不得侵犯。"这就是"风能进，雨能进，国王不能进"的诠释：老百姓的权利不可侵犯。这是宪法赋予的权利，违背它，就是违宪。

在纽约曼哈顿 10 大道排房的两租户，被称为"最牛钉子户"，虽然最后通过法律途径，房地产商胜诉，但最后开发商提什曼·斯佩耶还是同意拿出 2500 万美元促使两家"钉子户"尽早搬迁。

在大街上，你不能给一个未满18周岁的青年烟抽，否则，你将被处以500美元的处罚，这就是美国对于未成年人的保护。在美国，是不能对妇女儿童实施家暴的，甚至骑自行车也要戴头盔，不能将未满12周岁的孩子单独放到家里，等等。妇幼保护，也是美国人权保障的重要内容。

美国西海岸的一些高速，是不收过路费的（过路费加到了油价里，东海岸油价低，要收过路费），高速公路都没有安装摄像头，为什么呢？因为如果那样做，就涉嫌违宪，它侵犯了人的隐私。

在游学期间，导游还谈道，巴士司机是要按时吃饭，按时下班，如果超过工时，还要给加班费，因为在美国，对于劳工保护的法律条款很多。

在美国，车让行人。不仅是一种素质的体现，还是国家的法律规定，其实质，仍然是对人的生命权的保护。

在洛杉矶好莱坞环球影视城，我发现上下电梯中间，都有一排圆圆的按钮一样的东西，经过询问，我才知道，那是紧急按钮，只要有危险，可以随时很方便地操作，避免重大事故的发生。

在公共洗手间，我们还发现，每个里面都设有残疾人专用洗手间，里面的扶手、马桶坐垫、卫生纸等，一应俱全，考虑得非常周到。

在我们去过的美国很多地方，尤其是西海岸的一些城市，美国人生活得都很惬意，他们都很喜欢在沙滩、公园、草坪等地方晒太阳，哪怕是中午或下午，都能看到在大街上跑步的人。在跟美国人交谈时，会发现美国人表现得很自信，他们友好地主动跟你打招呼，热情地帮助你，这也许跟美国健全的社会保障制度有很大的关系。

美国靠着高税收，来平衡社会财富，极力避免贫富差距拉大，而给社会带来不安定因素，他们大力培养中产阶级，从而确保社会中坚力量的激情与活力。

一部美国的历史，是一部人类进步的历史。从欧洲冒险者登陆北美洲，驱赶、屠杀印第安人，从圈地运动，到奴役劳工，甚至也到世界各地进行掠夺，两次世界大战，大发战争财，等等。即使是在今天，美国也有这样、那样的不足。比如，一直并未彻底解决的种族歧视，极端个人主义情绪泛滥，较为完善的社会福利保障制度，培养了人的惰性，让一些人心甘情愿去做流浪汉，甚至体面地乞讨等。但美国同时也是一个自由、开放、包容、民主的国度，就像我们挚爱的祖国，虽然也存在这样、那样的问题，但深厚的文化源泉滋养了我们的灵魂，勤劳、智慧、节俭、忠孝等传统美德，又让中华民族有了持续发展的核心驱动力。

吾爱祖国，亦爱真理，一切美好的东西，都是值得追随甚至歌颂的。

祝福伟大的祖国，繁荣昌盛。祝愿我们的民族，永远屹立！

2016 年 5 月 11 日